雀斑

饶雪漫 作品

山東文藝出版社

果麦文化 出品

目　录

Contents

PART 01

阙薇

我要什么？我什么都不要，我只要我的新生活。

1

八岁以前，我和我妈住在堂子街。

堂子街是个什么地方呢？市中心那条笔直的马路走到底，往左望，你会发现在高楼林立的背景里，只有这一片地方像被外星人经过时削了一刀，凹下去一小部分。

已经完全不属于繁华都市的胜景。

这个区域，就叫堂子街。

当年这条街是石板路，但是石板和石板之间隔着好大的缝隙。因为阳光一直“光顾”不到这里，所以石板和石板的中缝里长满了青苔，如果不小心踩到，滑死人都有可能。下雨的时候，我总舍不得踩脏我唯一的球鞋，所以就拎着鞋，赤着脚走回家。夏天还算好，冬天就比较惨，脚冻得发紫不说，一不留神被哪个死小孩从后面猛地一推，就结结实实地摔倒在泥地里。

回到家，脱掉脏校服，冲干净脚，接下来要做的事常常是爬到家里唯一的大床上，把作业本摊在枕头上，就着窗口的光趴在床上写作业。屋子里一点光线都透不进来的时候，我才会拧亮床头那盏小小的台灯，从枕边的旧茶叶罐里摸出一粒水果糖，含在嘴里，等她归来。

是的，八岁以前，我家很穷。我爸在我两岁的时候查出来得了肺癌，在我四岁的时候离开了我们。为了给他治病，我们欠了一屁股的债。为了躲债，我妈只能带着我四处流浪。在堂子街住下后，我妈先是在一家餐馆当服务员，后来去了一家酒店做前台，再后来，去了一个有钱人家做保姆，照顾他有病的儿子。最后的最后，她做了这个有钱人的情妇。

这个有钱人，叫池振宸。

第一次见到池振宸，是在堂子街那个几十平方米的小屋。我放学回来，看到街口停着一辆车，车子看上去很高级，有几个小孩经过它时停下来看了几眼，其中一个还满怀恶意地朝着车窗吐了口口水。我回到家，意外地发现我妈在家，旁边还立着一个高大陌生的男子，穿黑色的夹克，很和善地冲我笑了一下。我惊喜地发现不大的餐桌上摆满了东西，有烤鸭、糖果、营养品，甚至还有新裙子，应该是给我的。

妈妈的左脸颊是青的，肿起来很大一块。她慌乱地对我说："阙薇，你出去玩会儿，过会儿再回来。"

我听话地放下书包，不声不响地出去了。当然我没有走远，只是躲在门外。

很快，我听到池振宸对我妈说："你带上女儿，跟我走吧。"

"还是你走吧。"我妈说，"我还想多活几年呢。"

"有我在，没人敢动你。"透过门缝，我看到池振宸一把把我妈拉到他怀里去，我妈做着无声却激烈的反抗，那是我第一次目睹男人与女人的战斗。她踢他，咬他，他均不还手，只是牢牢地将她抱紧，直到她终于安静下来，趴在他的胸前，低声地哭起来。从我的角度，只能看到池振宸的背影，在那个阴暗潮湿的小屋，他像一盏稳稳当当的不需要担心电费的大灯，瞬间就令人安心地照亮了一切。也不知道是因为紧张还是激动，我一下子没站稳，身子猛地往前一倾，啪嗒一声就一头跌进了屋子。

"我明天来。"丢下这四个字，池振宸匆匆离开。临出门的时候，他伸出手，将还狼狈地趴在地上的我一把拉了起来，并顺手替我拍了拍校服上的灰。

我妈躲闪地看了我一眼，什么也没说，拐进了厨房。那晚她做了简单的饭菜给我吃，可是她自己什么都吃不下，心事重重。

"你的脸怎么了？"我问她。

"摔的。"她说。

"我想试那条新裙子。"我说。

"那不是你的。"她突然大声说，然后有些烦躁地站起身来，在屋子里走了两圈，最后她拿了一个大袋子，将那些礼物统统都收了起来，把袋子扎好，放到了墙角。

夜里，她睡不着，辗转反侧。其实我也睡不着，我也想辗转反侧，但是怕引起她的注意，我只能硬逼着自己一动不动，装睡。迷迷糊糊的时候，我听到她压低了声音给别人打电话，一边讲一边哭:“表哥，欠你的债我怕是还不了了。我要是活不了，你替我带大阙薇，这孩子懂事，会知道报答你……”听到“活不了”三个字，我一下子就清醒了，猛地从床上坐了起来，清冷的月光照进屋子，我第一次发现，半夜的月光竟然是惨白惨白的，很有些吓人。她没发现我已醒，背对着我哭得厉害，电话也讲不下去，于是我又悄悄地躺下去了。

第二天早上上学前，趁她给我做早饭的时候，我偷了那个袋子里的一包饼干带到了学校。奥利奥，电视广告上说，如果泡在牛奶里吃，会更香甜。我没有牛奶，电视也常常收不到想看的频道。想到这里，我像跟那包饼干赌气一样，三下两下就解决掉了它。

忽视干得要命的喉咙，我擦掉嘴角的饼干屑，拿出我的铅笔盒。那是一个很小的铁盒子，里面偷偷放着半块镜子，照着我和喉咙一样干得要命的没有营养的脸。同桌谢俏俏穿了花裙子，前排的牛蒙蒙穿了花裙子，巨胖的林文也穿着花裙子，只有我没有。我忽然很恨我妈，非常非常恨，说不上来的恨，无从解脱的恨。

我讨厌贫穷，讨厌一无所有的感觉。

她将我拽入这样的生活，让我无法逃脱。

真要死，就让她去死好了。

林文在数学课上偷吃巧克力，我看到她把黑色的巧克力放在手里捏了又捏，趁老师不注意的时候一把扔进嘴里，然后把脏兮兮的手往裙子上一擦，妄图消灭证据。

那一刻，我有了个恶毒的念头：砍掉那只胖乎乎的不知好歹的手。是的，不知好歹。我如果有那么好看的裙子，我发誓绝不会那么粗暴地对它。

体育课是自由活动，她们围在一起吃冰棒——“绿色心情”。谢俏俏舔着冰棒过来跟我聊天，我发现她的舌头也变成了可怕的绿色，整个人像一只绿色的恶心的虫子。

“阙薇，你放学一个人回家不怕吗？”

“没人接我。”我说。

“她没有爸爸。”林文也凑过来，“她妈是二奶！”

堂子街的消息，总是传得飞快。

我懒得和她们争论或者吵架。我只是默默地站起身来，走到更远一点的地方独自坐下。我知道我跟她们这些人是不一样的，她们有花裙子又怎么样呢？放学有人接又怎么样呢？还不是一样永远待在堂子街，最后就会变成街头那些一面嗑着瓜子一面飞短流长的恶俗大娘。如果非要我跟她们说点什么，我只能说，真可怜。

“阙薇，来玩游戏，官兵捉强盗哦。”过来拉我的人是班长牛蒙蒙。我才不领她的情，她这么做，无非是想让老师多表扬她一句有多么多么热爱集体团结同学。虚伪！

我早说过了，我跟她们不一样，不做作不卑微不可怜。

那天放学，我一路小跑回家，她不在家里，但那个袋子在。她一定没发现我偷走了一包饼干，而现在，我还要偷走里面的那条裙子。我用飞快的速度解开了那个袋子，抽出那条裙子，飞快地套在了自己身上。

紫色的公主裙，胸前有几朵小花，层层叠叠的下摆像云又像雾。我敢说，全校，哦不对，是全市，没有一条裙子能超过它的美。可惜家里连穿衣镜都没有，只有卫生间盥洗池上的一块狭窄的小方镜，只能照到上半身。我悄悄地从客厅里搬来一张凳子，把它放到镜子对面的墙角，战战兢兢地站上去，勉强可以欣赏到裙角。

"阙薇，你在干什么？"我正陶醉地拉着裙摆，幻想自己是"娃哈哈"广告里的小美女时，妈妈不知何时推门进来，上前一把果断地把我从凳子上拽了下来。

"快把裙子脱下来，我说过了，这不是你的。"她厉声说。

"不。"我捂着发痛的胳膊说。

"我叫你脱你就脱！"她脸颊上的青肿还没消，眼睛里满是血丝，看上去像个疯子。这个疯子把我按倒在床上，开始强行扒我的裙子。我反抗，一脚踢到她的小肚子上，她痛得叫起来，可手上的劲儿却没有小。裙子终于被她扒了下来，连同我短暂的幸福和尊严，就这样被她粗暴地扔在一旁。简直就不让人活了，我气愤得趴在她扔回给我的又旧又脏的校服上号啕大哭，用衣服包住头歇斯底里地扯着嗓子尖叫，但是我的愤怒和痛苦一点也没有减少。

那两个人就是这时候闯进来的。"臭丫头，哭丧哭得正好！"那女的长得真丑，嗓音也难听，像把坏掉的电锯，嘎吱嘎吱响，我的耳膜仿佛随时要破裂。而那个男的长得很高很壮，光头，穿紧身的黑衣，一脸的杀气。

"既然你不肯滚，就不要怪我不客气。"说话的还是那个女的。

她话音未落，那个光头男人就冲上来了，他一句话没有，上前一步就掐住了我妈的脖子，像抖件衣服似的把她掼到墙上。一瞬间，我看到米黄色的旧墙被撞落纷纷的灰，她的头和墙面接触的地方，有一小块凹了进去，灰色的水泥裸露出来。

“不要打人！”我尖叫着扑上去，想救我妈。但那个女的一把揪住我的小辫子，不让我上前，我的头皮像被千万根针同时扎过，又痛又麻；脸皮也绷紧了，像要被撕裂开来。

我拼命忍住眼泪，大喊一声:“啊！”她被我吓得手一松，我转身狠命地搡了她一下，拼命往屋外跑。我豁出去了，只有一个念头，就是要去叫人来救我妈，不然，我妈肯定死定了。

“救命啊救命啊救命啊！”等我狂奔到街上，拼命大叫了好几声后，才发现自己只穿了内衣！天哪！大庭广众之下，天色未晚，我居然只穿着内衣站在大街上！想明白这一点后，内心的羞耻和恐惧铺天盖地而来，令我摇摇欲坠，嗓子再也发不出任何声音。就在这时，只见一辆车疾驰过来，在我面前停住。池振宸跳下车，拦腰抱起我，拉开后车门，把我往车里一塞，命令我:“在里面待着不许出来！”

我听到咔嗒落锁的声音，车应该是被他从外面锁上了。车子里还算暖和，我浑身颤抖地抱住自己，最后整个人都缩成了一团，但那个狭小逼仄的空间，依然没法让我感到心安。

“杀人啦，放火啦！”不知道过了多久，我听到外面好像有很吵的声音。我稍抬起头，透过车窗，看到了我家方向那片天空变成了奇怪的红色，无数街坊邻居拎着水桶端着脸盆，神情紧张、摇摇晃晃地冲往同一个方向。

那是贫穷落后的堂子街留给我童年记忆的最后一个镜头。

之后的很多年，我都会在滚烫的噩梦中醒来，在那个梦里，我又回到堂子街，回到我衣不蔽体一无所有的童年时代。我用尽全身力气，却喊不出那一声“救命”，眼前唯有熊熊燃烧的大火，顷刻间就将我无情地吞噬、淹没。

2

那把火，其实是我妈放的。

那天冲进我家的两个人，女的是池振宸的丈母娘，男的是他丈母娘花两百块从大街上雇来的一个神经病，他差点要了我妈的命。

见我冲出家门以后，我妈挣脱那个男人，打翻了放在床底下的煤油壶。堂子街常常停电，煤油是家家户户必备的东西。那天我妈是真不想活了，要跟他们同归于尽。池振宸赶到的时候，火已经烧了起来，他只来得及救一个人，于是他救了我妈妈。那个男的自己从窗户跳出去，滚在泥地里，也没事。最惨的是池振宸的丈母娘，全身百分之四十的面积重度烧伤，听说在医院里躺了足足一年。

我想在很长时间以后，那场火都会是堂子街妇女们的谈资。还有我的同学们，在玩官兵捉强盗之余，或许还会轻蔑地吐出那一句:“阙薇啊，她妈妈是二奶！”

所幸，不管他们说什么，我都不用再听了，因为我们彻底地离开了堂子街，离开了那些随时随地都有可能将我们母女置于死地的流言蜚语。

这一回，池振宸把我们带到了省城，安置在某个不错的小区，十二楼。房子不算很大，两居室，但是宽敞明亮。我终于有了自己的小房间、自己的小床、宽大的写字台以及可以看到点点星光的阳台，很是满足。

我不知道池振宸最终是如何搞定他的老婆和他终身残疾却依旧凶悍无比的丈母娘的，不过这跟我都没什么关系，我也懒得去关心。

我和我妈，从此有了我们的新生活，不用再东躲西藏，担惊受怕，还有什么比这个更重要?

我进了全省一流的重点小学读书，我妈学会了开车。池振宸给她买了一辆小小的跑车，除了每天送我上学放学，她没什么特别的事要做。也许是无聊，生活稳定下来后，她开始报名去上什么服装设计班、太太厨艺班、茶艺插花班等，用来打发时间。其他的事她并不见得有多擅长，但是做衣服她还真有两下子，只要我穿着她亲手做的衣服走在校园里，回头率总是很高的，就连老师都喜欢拉住我问:“这衣服从哪里买的啊？真是好看。”

我总是摇摇头说不知道。

是她教我这么说的，就连池振宸也不知道她喜欢做衣服。不知道是不是怕他会不高兴，反正每次他来，她都会把那些针线布头什么的仔细收拾干净，再用布把缝纫机好好盖起来，好像从来都不曾使用过一般。

池振宸并不是天天来我家，差不多半个月一次的样子，名义上是出差，来了也只是住几天而已。他并不怎么管我，只是偶尔象征性地过问过问我的学习。作为一个特殊家庭长大的孩子，我妈总是培养我自己的事情自己做，尽量不要给别人添麻烦。而我很小便懂得，只要他在，我最好是躲在自己的房间里不要出来。如果他们叫我吃饭，我也会用最快的速度把饭吃完，然后继续躲回房间里。

我成绩也还可以，虽然基础差了些，但还算跟得上。

唯一让我妈担心的，是我总是吃得很少。五年级那年的春天，不知道为什么就染上了百日咳，我快被咳嗽折磨死了，早上咳晚上咳，每天回家都猛灌糖蒜水，可是毫无起色，喉咙又干又涩，难受得要死。常常在上着课的时候，我就咳得惊天动地，全班同学都同情地看着我，老师也没有办法再继续把课讲下去。

“阙薇，叫你爸把你接回去，到医院好好看看病。”老师把我领到办公室，给他打完电话后回教室上课去了。

学校是他替我安排的，家长联系簿上留的是他的电话。我总觉得他不会来接我，我跟他其实什么关系都没有，不是吗？更何况，他有可能根本就不在省城。可是我不敢跟老师说换个电话打给我妈妈，因为我怕她会问更多我不愿意回答的问题，比如，为什么爸爸不能来接？爸爸很忙吗？爸爸是做什么的？等等。

没办法，我从小就思虑过多。

记得五岁那年，我的掌纹就震慑了家门口一个号称“半仙”的老人，他说从没见过像我这么复杂的掌纹，我这一辈子注定会过得跌宕起伏。

我妈特别担心地问他该怎么办，他只是摇摇头，不肯泄露天机。但我跟我妈想法不同。跌宕起伏？总好过平平淡淡吧，我愿意当它是褒奖。

那天来接我的还是我妈。她穿得特低调，就一条白色的棉裙外加一双普通的球鞋，可我觉得整个办公室的老师看着我妈的眼神都快直了。其中有一个还趁我妈跟班主任说话的时候，把我拉到一旁悄悄问我说：“你妈是明星吗？我怎么觉得那么眼熟？”

我本来应该很肯定地回答“不是的”，但不知道为什么，答案到了我嘴边却变得如此模棱两可，我说：“也算不上吧。”

之所以不愿意否定，是因为我喜欢他们眼神里那种鲜活的仰慕，简直令人热血沸腾！活着老被人瞧不起，有什么意义！

池振宸知道我生病的事，一来省城就带我去看了专家门诊，是中医。那个医生说，我其实没什么问题，就是从小营养不良，体质太虚弱所致，需要加强锻炼。

那天晚上我在房间里做作业，我妈把我叫出去，池振宸也在。他手里拿着一个玉坠，我一看便知不同寻常，整个坠的形状似一条鱼，但中间却嵌着一个憨态可掬的弥勒佛头像，看上去晶莹剔透、妙不可言。

池振宸把它递给我说：“挂着它，可以保佑你平安。”

我不敢伸手去接。最后还是我妈接过玉坠，拉我到她身边，把它挂到我脖子上，吩咐我说:“可千万不能弄丢了，快谢谢池伯伯。”

“是不是该叫爸爸了？”池振宸说，“还怕我负不起责任吗？”

如此大事，我哪敢造次，只能转头看我妈的反应。她却只是装作替我调整挂坠，笑而不语。

第二天，池振宸给我请了个教练，教我打太极。他对我说他儿子也是从小体质不好，坚持打太极后就好了许多。那是他们第一次毫不避讳地在我面前提起他的儿子。我知道了他叫池轩，比我大三岁左右，很聪明，小学连跳两级，又因为生病，休学了两年，明年就要到省城来念高中。

我妈赞叹说:“我真没见过比池轩更聪明的孩子，好像没有什么他学不会的！”

“聪明不抵用，做事总要踏踏实实。”池振宸一面说一面摇头，从语气上听来，这儿子带给他万千烦恼。

因为练太极，我被要求早睡，每天早上六点起床，跟着教练打完一整套拳，吃完早饭再去上学。怕我坚持不下去，我妈也陪着我练。因为曾经当过池轩的陪练，我妈比我基础好，教练不在的时候，就换成她教我。池振宸总是开玩笑，说她去参加个什么全国比赛啥的，没准儿都能拿到冠军。我讨厌所有的体育锻炼，但奇怪的是，我对练太极并不抗拒。仿佛在暮鼓晨钟的吐纳之间，我可以发现一个新的自己——那个自己是一直被藏在最深处的、我喜欢的、可以引以为傲的自己，她不脆弱，不胆小，她行走自如，步伐稳当，底气绵绵不绝，不畏这个世上所有的灾难和风雨。

不知道是不是练太极真的起了作用，夏天到来的时候，我的咳嗽差不多好了，而我的个头也一下子蹿高好多，旧衣服一下子全都穿不上了，我妈只能不停地给我做新衣服。一块花色普通的布到她的手里，她总有很多出其不意的灵感，赋予它新的生命。而我，就是她最好的模特儿。相比起我的花枝招展，她自己实在是太朴素了。池振宸去香港美国什么的，给她带回的新衣服，她总是挂在橱里，如果他不来，她几乎是不愿意去动它们的。那时候的我，还完全不懂什么是爱情，但我知道，池振宸是爱她的，因为他看她的眼光总是充满了宠溺，如鸟儿贪恋枝头，久久不愿离开。

我小学五年级的暑假，池振宸计划着带我和我妈去海南旅行一趟。这趟旅行，从一开始就让我妈觉得很纠结。因为按照惯例，每年暑假，池振宸都会花很多时间陪他儿子和老婆到处游玩。那些日子，因为不方便，他连电话也很少打给我妈，而我妈，也只能拼命地做衣服来打发她内心的郁闷，掩饰她的在乎。所以这一次，我妈觉得他的这个安排好像是一种补偿，而这种补偿并不是她真正想要的。犹豫再三后，她对他提出了拒绝。

“还是等小薇六年级吧，那个暑假升初中，不用补课什么的，也有的是时间。”这是她的理由，她在饭桌上小心地提出来。

“你有时间就行。”估计是当着我的面也不好发作，池振宸只说了这一句，就继续闷头吃饭。

聪明如我，当然明白他的话中之意。是的，我从不介意自己的多余，因为我知道自己总有一天会离开他们身边，过我自己的生活。

到那一天，他们未必不会羡慕我。

吃完饭，妈妈去厨房收拾，我走到正坐在沙发上抽烟的池振宸身边，很小声地对他说："我妈妈其实是很想跟你去的，她真的是担心我的学习。不过我想过了，这一次我不用去，我还小，以后有的是机会。"

池振宸伸出手，摸了摸我的头发。

记忆里，那是他第一次也是唯一一次对我做出亲昵的动作。

最终，在我"大度"的坚持和促进下，池振宸单独带我妈妈去了海南，请了钟点工在家照顾我的生活。临走前一天，池振宸带我们去吃日本料理。经过商场时，我看中了一双鞋，红色的公主鞋，四周镶着水钻，蝴蝶结是水晶的。就是有点贵，要七百多元。我都试穿过了，池振宸都打算付钱了，我妈却非说什么我脚长得快，那双鞋又有点儿跟，小女孩穿着不适合，硬把我拖走了。

一顿饭，我都闷闷不乐，吃得甚少。趁着我妈去洗手间，池振宸从钱包里掏出一千块钱对我说："喜欢就自己去买，女孩子穿得漂漂亮亮的才好。"

"不用了。"我说，"省得讨她骂。"

"拿着吧。"他起身，把钱硬塞到我口袋里说，"我不说，你不说，谁知道。"

有时候觉得大人真是幼稚，买了鞋总不能不穿吧，穿在脚上她岂有看不见的道理？但钱都放在我口袋里了，我也不会傻到再把它掏出来还回去，就算买不了鞋，买点别的东西，总能弥补一下我心灵上的小小伤痛吧。

“谢谢爸爸。”我低头说。

他哈哈笑，夹了一只大虾放到我盘子里说：“来，放开吃，多吃点！”

不知道是不是因为我叫了他一声爸爸，反正那一晚，池振宸心情大好。他喝了好多清酒，指着我对我妈说：“我们要好好培养咱闺女，给她最好的生活、最好的教育！”

我妈扫兴地说：“吃得苦中苦，方为人上人。我就怕她日子过得太好了，不懂得珍惜！”

“你才不懂！”池振宸纠正她说，“女孩子要富着养，将来才不会被穷小子一片面包就骗跑了！”

我妈看着他。

他说：“看着我干吗？我说的就是你！当初你要是肯等一等再出嫁，哪来这么多事！”

“你喝多了。”眼看他越说越离谱，我妈没敢再接下去，而是倒了一杯茶端到他面前。他竟然当着我的面一把抓住了我妈的手，眼神暧昧，凑得很近地问道：“夫人，你说是不是？”

说实话，当时我的心里有些异样。对年纪还小的我来说，大人之间的种种纠缠是我幼稚的大脑模糊知道却并不真的理解的东西。第一次直面他们在我面前肆无忌惮地表达感情，我是很有些害羞的。所有的童话故事里都说“王子和公主过着幸福的生活”，却从未提到他们是如何过的。当“爱情”这两个字第一次以细节的面目出现，我却忽然想到一个毫不相干的人：我的爸爸。不知当年他和我妈是不是也这么热烈地“要好”？我的内心已经“脸红”了，但表面风平浪静。不懂掩饰情感的人是我妈，她面红耳赤地推开了他。

她窘迫的样子竟让我有些嫉妒。不管她吃过多少苦，现在总算有人肯疼她，怎么说都是她的福分。只是我——池振宸说得对，我才不会像我妈那么傻。人生若不想走那么多弯路，把握方向、小心翼翼、不要轻易说出心中所想，都是必备的素质。

回到家，我赶紧把那一千块藏到了我的枕头下面。琢磨着等他们两个人一出门，我就去把那双鞋买回来，就算被她发现，生米煮成熟饭，她又能奈我何？谁知道人算不如天算，她竟然心血来潮，决定在旅行前替我换上干净的被套。所以，当我洗完澡出来，她已经坐在我的床边，捏着那一千块钱脸色铁青地看着我了。

“哪里来的？”怕池振宸听见，她压低了嗓音。

我用毛巾擦着湿答答的头发，委屈地说：“池伯伯给的，他让我不要讲。”

“没出息的东西！”她狠狠地瞪我一眼，拿着我的钱从我的房间里气呼呼地走出去了。

那天晚上，我睡不着，趴在阳台上看星星。从他们房间里传来我妈的哭声，我清楚地听见我妈在说：“我就怕小薇以后看不起我这个当妈的……”

她的声音渐渐弱了下去，我心里的痛却奏起了最强音。寄人篱下，靠人养活，连买双喜欢的鞋也变成奢望。如果这就是我们母女俩的命运，只有十二岁的我，又该如何去抗争命运？

但池振宸，他应该是心甘情愿的吧？

既然如此，我妈妈的倔强又是何苦呢？

夏夜的星空高远而寂寥，我闭上眼睛对自己说："阙薇，如果这是一个命运的跳板，你不要怕，能跳多高就跳多高。跳不到新天新地，这些委屈痛苦就白受了。"

第二天一早，他们就去了机场。临走前，我妈来到我房间，丢给我三百块的零花钱。他们出门总共六天，算起来，差不多一天五十块那么多。她出手从未如此大方，但一千块只换回三百块，她可别指望我会因此感激涕零。

"别乱花。"她说，"挣钱不容易。"

我点了点头。

"别生妈妈的气，等你长大了，就会明白我。"她说完，要过来拥抱我，我装作整理床铺，闪开了。

她很有些尴尬地立在床边。我挤出点笑容对她说道："你快去吧，玩得开心。"

"在家一定注意安全。"她忽然眼眶就红了。

我推她一把说："走吧走吧，又不是生死离别，腻腻歪歪的真烦人！"

实际上，我长这么大，这还是第一次与我妈分开。以前躲债流浪的日子，不管多辛苦，她也从未抛下我留我独自过夜。一个人待在空荡荡的家里，才发现其实她对我蛮重要的，心里也慢慢原谅了她对我的苛刻。她每晚给我打电话，还给我发彩信。海边的她，戴着顶大大的宽边帽子，穿着她自己做的花裙，笑起来就像是一个孩子。隔着遥远的距离，透过手机小小的屏幕，我第一次惊觉她的美，也算是有些明白了池振宸的眼光。

不管怎样，她开心，也算是让我开心的一件事吧。

3

一天下午，我补习完英语回到家中，忽见家门口坐着一个少年，穿了一套很洋气的阿迪达斯运动套装，脚蹬黄色球鞋，一个绿色的包包放在靠近左脚的地方，正低着头专注地摆弄着什么。

见我拿钥匙开门，他站起来对我摆摆手，大大咧咧地冲我说道:"你回来了。"

我看到他扬起的那只手掌中央，竟然有一坨丑陋的橡皮泥，脏砖头一样的颜色，结结实实地黏在他手上，要多恶心就有多恶心。

"你是谁?"我忍着厌恶问。

他两手插进口袋里，反问:"你是谁?"

我打开门，准备把他关在外面。他却伸出一只脚，卡住门边，笑着对我说:"请客人进屋是最基本的礼貌，难道池振宸不教你这些吗?"

其实我早该猜到了，果然是他——池轩，因为他说话时的语气以及微微扬起的眉头跟他的父亲实在是太相像了。

在我稍显犹豫的时候，他已经拎着他古里古怪的包抢先一步进了屋，我只能希望他看到他父亲不在这里，会识趣地离开。谁知道他竟然一屁股坐在沙发上，并且命令我说：“热死了，把空调开到十八度。”

他坐的那里，是池振宸的专属位。并且，他们的坐姿也是如此相像。他命令我时高高在上的语气，仿佛我是他的用人，真让人不爽。但我忍着没发作，而是依他所言开了空调，调到十八度。我渴得厉害，从冰箱里给自己拿了一瓶冰可乐，想了想，给他也拿了一瓶。

他不接，而是瞟了一眼我放在沙发那边的太极服，不屑地对我说：“他果然有逼人学这个的嗜好。”

“你来找你爸爸吗？他不在这里。”我说。

“只要我想找，没有我找不到的地方。”他一面说，一面又拿出那坨该死的橡皮泥，两只手灵活地揉捏着，牛头不对马嘴地答我。

眼看没办法了，我只能掏出我的手机拨电话找救兵。谁知道电话还没拨通，啪的一下，手机从我手里掉了下来，不用说，是他用橡皮泥打掉的。

“不要打电话。”他说。

那坨橡皮泥就掉在我左手边的沙发上，我用左手捂着发麻的右手背，惊讶地发现，那么短的时间里，他居然已经捏出了一个像模像样的可乐瓶！

“我会变魔法。你不听话，我能把你变没了。”他一面说，一面伸出他的两只胳膊，冒充武林高手，在空中刷刷刷耍了几招。

他当我是什么，三岁小孩？我捡起我的手机对他说道："我看你最好还是走吧，这里不是你该来的地方。"

他油嘴滑舌："那我该去哪里，你提个建议？"

我警告他："再不出去，我叫保安。"

他挑衅："叫保安不算本事，有本事自己放马过来。"

我气急，抡起我的书包去砸他，他用胳膊轻松挡开，脚上再一使绊，我整个人没站稳，就摔了下去，正好压在他的大腿上。夏天，本来衣服就穿得少，我胸前的玉坠像秋千一样在空中来回晃动，他一把将它捏在掌心，轻笑着对我说："待遇不错嘛。"

我涨红了脸，拼命想站起来，他却不让，恶作剧般地用手臂将我箍得牢牢的。紧接着，他放开玉坠，卡住了我的脖子。他那刚捏过橡皮泥的肮脏的手掌在我的脖子上游移，仿佛是在寻找一个脆弱之处，随时可以将它捏断。

我承认，我开始有一点点恐惧了。我担心他是神经病，因为如果真是这样的话，他是无法控制自己的言行的，并且，就算他失手杀了我，也不会因此负任何责任！

就在我大脑激烈思考对策之际，他却突然放开我说："谈笔交易，如何？"

我喘着气站直了。就见他拉开那个龟壳一般绿油油的包，从包里抽出一沓粉红色的人民币，扔在茶几上，对我说："收留我二十四小时，最晚明日此时我一定离开。对谁也别讲，这笔钱归你。"

我吃惊地看着他的动作，以我当时的年龄还不能判断那到底是多少钱，但我从来没有一下子见过这么多钱，吓得脑袋大了一倍。

他是去抢银行了吗，还是直接偷池振宸的？

见我呆在那里，他手一伸，捞到那块橡皮泥，又专注地捏起来。好像真的只是短短几秒，他居然捏出了一双鞋，而那双鞋的形状，分明就是我在商场看中的那一双！包括鞋上面漂亮的蝴蝶结！

他把那双“鞋”立在我家茶几上，笑着对我说道：“人要学会靠自己，才能得到自己真正想要的一切！阙薇小朋友，你说是不是？”

就在此时，窗外忽然雷声滚滚，下起了很大的雨。这场雨来得特别突然，仿佛是为了多给我一个不赶他走的理由。这个人，他知道我的名字，知道我想要什么，他好像知道我很多很多的事情，可是，我却对他一无所知，包括他今天怀揣巨款来我家的真正目的。如果我不搞明白点什么，是不是太不公平了？

他可没空管我这些心思，站起身问我：“电脑在哪里？”

我指了一下我妈的房间。

我家唯一的一台电脑，放在我妈房间。我妈总觉得小孩子上网太多不好，所以平时多半不让我碰。只要她出门，那个房间多半也会锁起来。池轩走过去推了推门，回头问我：“钥匙呢？”

我摇摇头。

“饿了。”他转身坐回沙发上说，“弄点吃的来。”

“吃完你走吗？”我问他。

他不说话，只是跷着二郎腿，用遥控器打开了电视，又用遥控器指了指茶几上的那些钱，暗示我识相。

我把家里唯一的一碗方便面泡好，端到了他的面前。谁知道，他只是随便地瞄了一眼，很干脆地对我说道："垃圾食品，不要。"

"那炒饭你吃吗？"我打算好人做到底。

"吃。"他毫不含糊地回答。

我会炒饭，很小的时候就学会的。我到厨房，胡乱切了一个西红柿，打了鸡蛋，剁碎了榨菜，当锅里的油噼里啪啦响起时，将所有配料一股脑儿倒下去翻炒，再加冷饭，炒到一滴油不见，才算是大功告成。

我端着炒饭走到客厅的时候却发现，他人不见了，他走了！被他称为"垃圾食品"的方便面，此时此刻只剩下了一个空碗，连汤都被喝得一干二净。

他到底是有多饿才至于此？！

不过，我悲喜交加的心情只维持了短短的几秒钟，因为我很快就发现，我妈房间的门开着——

我冲到门边，发现他真的在里面，并且早已经开了电脑在玩游戏，很血腥的动作游戏，像他本人一样变态。

等等，他是怎么进去的？！

我端着炒饭站在门口，冷冷地盯着他的背影看了又看，然后我的眼神落在了他身后的包上，猜想着里面是不是有更多的钱呢。

他好像背后长眼睛似的，忽然站起来，转过身，对我说："喂，把饭给我端过来。"

“钟点工要来了，你吃完快走吧。”我对他说。

他走过来面对我，低下头，摊开手掌，手中那块脏兮兮的橡皮泥已经不是一坨的形状，而是一把钥匙，连卡缝都能以假乱真。

他把它放在我的手上，说：“这个可以打开任何房间的门，你可以去试试！”

说完，他接过我手中的炒饭，回到电脑旁，戴着耳机继续旁若无人地玩游戏，头也不回地吩咐我说：“把门给我带上，谢谢。”

我带上了门，那把还带着他体温的小“钥匙”躺在我手上，像个我解不开的谜。

钟点工来的时候，他就一直躲在房间里面玩游戏没出来。好在我妈的房间一直都锁着，所以钟点工也没起什么疑心，但我总是害怕她发现什么端倪，说话结结巴巴。直到晚上八点钟点工离开我家，眼见门关上，我拍拍胸脯才算松了一口气。转过身却看见池轩站在我身后，他总是这样神不知鬼不觉，我胆再大也忍不住尖叫出声。他手里端着空碗，丝毫不对吓到我感到抱歉，反而一脸无辜地对我说：“饭太咸了，有水喝吗？”

“谁家没水喝？”我气得呛他。他笑嘻嘻地把油腻的饭碗扣在我头上，我还没反应过来，碗就从我的头发上滑落，掉在地上摔成了两半。

我只好去拿来扫帚。

在我扫地的时候，他一直盯着电视机，慢慢喝着自己从饮水机里接的水，一眼都没看我。

我发现，我其实没那么讨厌他。

至少如果此刻他不在，我就只会孤单地对着电视一直到倦意袭来。尽管大人们不是刻意为之，但今晚，我们终究是被他们遗弃的孩子。

想到这里，其实我很想和他说点什么，但却不知道能说啥。我不想刻意地制造话题让他觉得我怕他，或者在讨好他。但我又觉得如果什么都不说，那我就永远都不会知道他到底在想些什么，这只会让我更加被动。

最终，我只是伸出手，指了指冰箱的方向。

他跑过去，在那里埋头找了半天，拿出来两瓶啤酒。我拦住他说："这是你爸爸喝的，他会发现。"

他用啤酒瓶对着我嚷："有没有脑子，你拿了那么多钱，补个货不会吗？"

家里的电话就在这时候响起来。他一只手拎着一瓶啤酒一屁股坐在沙发上，也不说话，明摆着是监视我。

电话接起来，我妈一开口就问我在家怎么样、一个人怕不怕，我叹息一声对我妈说："有件不太好的事要告诉你哦……"

说这话的时候，我忍不住朝他看过去。他的表情看上去还是有些紧张的，这让我觉得特别特别过瘾。

为了捉弄他，我继续跟我妈卖关子："你要是听了，可千万不要担心。"

"什么事呢？"我妈在电话那边追问我，"你倒是快说，别吓妈。"

我停了好几秒，这才说道："家里有老鼠哦。"

“怎么会！”我妈叫起来，“你是不是乱扔什么零食了？”

“哪有。”怕戏太长会演砸，我赶紧说，“你回来再说吧，我要看电视了，没空理你。”

“电视少看，注意眼睛……”她话没说完，我已经挂了电话。

池轩把两瓶啤酒的盖子都咬开了，递一瓶给我说：“为你的聪明才智，咱们干一杯！”

我戒备地看着他。

“看你懂事，好心提醒你：要小心你脖子上的东西，那是我曾祖母留下来的，上面沾满了恶毒的诅咒。它确实价值连城，但别以为值钱的都是好东西，搞不好会害死你。所以，早扔早好！”

扔？！

他既然无所不知，一定知道这个玉坠是他爸爸买来送我的。可他偏偏这么讲，是故意气我的吧！他眼神里的讥讽彻底点燃了我，他把我当什么呢？骗他万贯家财的人吗？就算他想给，我还不一定想要呢。我一生气，把他刚才给我的那些钱从口袋里一把掏出来，狠狠地扔在他的身上，冲他喊道：“最好拿着你的臭钱，马上滚出我的家！”

“你很生气，要淡定。”他说完这句，拎着两瓶酒继续晃进了我妈的房间，整个晚上都没有再出来过。

临睡前我推开我妈房间的门去看了他一眼，发现他把我妈床上的被子裹在身上，在冰冷的空调下，玩得正高兴。

我回到房间，细心地锁上门，把他给我的钱掏出来数了数，一共两千二百元。我始终弄不明白的是，这些钱足够他住宾馆了，而且是很高级的宾馆，为什么要躲到我家来受罪？还是他另有什么目的？这些钱我该如何处理，还给他？藏起来？花掉？交给我妈？想着这些令人烦恼的问题，我辗转了大半夜才终于睡着。

那晚，我居然梦到了他，那个梦的背景，是金黄色的麦浪。他站在麦田里，抱了一只白色的猫，那猫的毛雪白雪白的，眼睛像琉璃。最重要的是，那只猫居然长了翅膀，竖着耳朵，警觉地躺在他怀里，像只软乎乎的大鸟。

他冲我咧了下嘴巴，不知道算不算是微笑，然后他把带翅膀的白猫放在麦田里，转身独自走掉。

他走掉的时候我醒了，醒来的时候，我就看到了他。他就站在我的床边，正弯腰看着我。我确信他真的有把万能钥匙，搞不好他就是传说中的江洋大盗！我吓出一身冷汗，立马从床上坐了起来，扭亮了台灯。

"你别怕，我要走了。"他说，"来道个别。"

"你去哪儿？"我一定是没睡醒，才会问出这么无厘头的问题。

他笑了一下说："我给你留了礼物，不过我忘了放在哪里了，你找老鼠的时候，可以顺便找一找。"

"是什么？"

"你问题真多。"他伸出手，轻轻触碰了一下我的额头，柔声对我说道，"你记住，知道的事情越少，你的痛苦就越少。"

他的声音真的温柔极了，好听极了，与白日里那个不讲道理的他，简直判若两人。

我疑心自己是不是还在那个梦里没有醒来，所以趁他不注意，我偷偷地捏了一下自己的胳膊。

可是，真疼。

“再见。”他说完，朝我挥了挥手，走出了我的房间。没过一会儿，我听到了外面的关门声。等我从床上跳下来，跑到客厅，发现他真的已经走了。

墙上的钟指向清晨五点半。

不是说二十四小时吗，怎么提前这么多？

我冲到阳台上，正好看到他走出楼道那孤单的背影。他两只手插在口袋里，低着头，走得很迅速，很快就消失不见。

我回到屋里，跌坐在沙发上，忽然看到了他留在我家茶几上的一张字条，上面写着这样一行字：“啤酒是无醇的，记得不要买错。小雀斑，谢谢你。”

压在字条上面的，是他用橡皮泥捏出的一只猫。

是的，一只猫。

我发现我全身都起了鸡皮疙瘩，拿着猫的手在不停地颤抖。

好不容易冷静下来，我把那只猫翻来覆去地端详了好久，思考着这算不算他所说的留给我的所谓“礼物”。它是那样栩栩如生活灵活现，只比我梦中的那只少了双翅膀。难道在我醒来之时，他已经成功地穿越了我的梦境，知晓了我的一切吗？

我有种感觉，他这一走，我的生命中，恐怕就再也遇不到他这样的人。硬生生闯入的他带来了一种神秘的力量，让我第一次有了想要探寻很多我不了解的事情的愿望。

后来，我一直很想再见到他，问他很多的问题。我多么希望他会回来敲门，站在门口对我说道：“小雀斑，饿了，来点吃的。”

只可惜，门铃一直都没有再响起。

4

池轩走后的第二天下午，我妈回家了。

她带回来一大包的礼物，各种贝壳、项链、热带水果，很开心地与我分享。

“大海很美。”她说，“一定带你去看一次。”我发现她变黑了变瘦了，不知道是不是因为爱情的滋润，她看上去更年轻漂亮了，还动不动就哼两句小曲，搞得很八〇后。她替我剥开一个芒果，忽然问起老鼠的事，我支支吾吾地说：“可能是眼花了。”

她一把把切好的芒果塞进我嘴里：“这么大了还冒冒失失的，害我担心了半天。”

我心想，要是她知道某只“大老鼠”来过，恐怕就不只是“担心”这么简单了。不过，我压根没打算讲。我妈的被子被我重新叠过了，地板也被我细心地擦过，冰箱里少掉的东西，我已经按他所说“补货完毕”，相信没有人看得出任何端倪。至于他给我的钱，吸取上次的教训，我没再塞到枕头下面，而是塞到了我一双冬天穿的鞋的鞋垫下面。我把鞋再放回鞋盒，塞进床底下，确保万无一失。

只是一个人的时候，我老是想起那个梦。说起来那只是一个胡乱做的梦罢了，但不知道是不是因为梦里的色彩太过斑斓，我常常不由自主地反复回想，并很无厘头地去揣摩他把那只猫留在麦田里的真正原因。

可不幸的是，虽然那时我尚年少，却早就已经明白一个道理：这世间有很多的事，不过就是一个梦罢了，风吹麦浪，雁渡寒潭，不可说，便不说。

那些钱也终于被我不露痕迹地慢慢花掉，请同学吃饭，送别人生日礼物，买点自己喜欢的小东西。只剩下最后一百块的时候，我没舍得再花，而是把它夹在了我最喜爱的一个本子里，连同他送我的那只猫、那张字条、那把早已经变得僵硬的小钥匙，一起藏在抽屉的最深处。

怎么说呢，算是纪念吧，只有这些，才能不时提醒我，这样一个神秘人物曾经真的出现过并留下了痕迹。

就这样又过了一年，我该上初中了，学校离现在的家比较远，为了不让我住校，池振宸已经在物色新的房子给我们居住。我见过那座房子的宣传册，好大的一幢别墅，还有一个特别大的花园。我对新家充满了向往，可是我妈的态度却与我截然相反。那天我去楼下小超市买本子，刚回家就听见他俩在争吵。

我妈说："你根本不知道我要的是什么！"

池振宸说："你告诉我你要的到底是什么不就完了！"

"我要的你永远都给不了我！"我妈喊完这一句就看到了我，她闭了嘴，拿起沙发上的一件衣服，装模作样地叠起来。

“不管怎么样，这件事没得商量！”池振宸说完，起身离开了我家。我妈并没像往常一样送他到门口，而是坐在沙发上盘着腿继续叠她的衣服。

“为什么不买房子？”池振宸走后，我问她。

“我没钱。”她说。

“池伯伯有钱。”我说，“我想要新房子。”

“这世界上有很多好东西，你想要就能要的吗？！”她猛地站起身，把那些叠好的衣服重新扯散了，一件一件扔回到沙发上，气呼呼地对我说：“阙薇你给我听好了，大人的事你少管！”

“我长高了，需要更大的床，需要更大的书柜，我还要电脑、电脑桌，上初中后很多作业都要用电脑完成，你懂不懂？”

“至少有一点我懂，”她看着我，昂首挺胸地说，“人要靠自己！”

她说这话的时候，我忽然就想起了去年夏天，某个闯入我家的少年，笑着对我说过差不多同样的话。

可是，靠自己？那什么才算是真正意义上的“靠自己”呢？

那天晚上，我都睡了，我妈忽然敲门进来，坐在我床边对我说：“小薇，妈妈想跟你聊一聊。”

她很少这么正式地跟我说话，我知道一定有什么事情要发生，迷迷糊糊地坐了起来。

“你想不想去别的地方？”妈妈略有些神秘地问我，“一个谁也不认识我们的地方，就我们两个人。”

“为什么呢？”我揉了揉眼睛，不明白她的意思。

“我是说，我们离开这里，妈妈带你去一个新的地方，我们重新开始。我向你保证，我们不会再缺吃少喝，我想，我们会过得很好，肯定比现在好！”

她一面说着这些话，一面用力地点着头，好像是为了向我保证她所说的话真实可信。

“可是我读书的事怎么办呢？”我问。这竟然是我想到的第一件事，但我自知成绩不算最好，池振宸把我弄进目前这所重点中学，肯定花了不少的钱和精力。

妈妈说：“小薇，我想你已经长大了，你应该知道，妈妈不能这样过一辈子的。如果这次不走，我怕是没有机会了。至于其他的事，你都交给我来安排。”

她说完，用力握住了我的手。不知道是不是紧张的缘故，她的手冰凉冰凉的。回想起来，那时候的我真愚蠢，一点没看出来她那副柔弱的外表下其实藏着一个强大而可怕的灵魂，谁也牵制不住！

“那什么时候走？”我问她。

“明天。”她说。

明天！

“池伯伯知道吗？”我问。

她竖起一根手指头，放到唇边。然后，她笑了。很多年以后，我都在琢磨那个微笑的意义，到底是因为要离开而得到解脱，还是因为要离开而强作欢颜？

说完这些，她站起来，走出我的小屋，转身拎进来一个小红箱子，对我说道：“收拾一下你的东西，放满就好了，我们不能带太多的行李。你需要什么，我再给你买就是。”

我环顾四周，一屋子的东西，我的衣服，我的玩具，我的书本，一个小箱子怎么可能装得下，亏她想得出！

她出去了，留下那个小红箱子在角落里。躺在小床上盯着它看了一会儿，我冷不丁打了个寒战，直坐起来。

我禁不住想，我妈是不是疯了？她到底要干什么？

真无法想象，当池振宸再来这里，看到一夜之间竟人去楼空，会是什么感觉。我忽然觉得他好可怜，这些年，他为我们付出了这么多，可是我的妈妈，却只是想着如何不打招呼地逃离。

还有那个池轩，听说他就要来省城读高中了，别墅里有个房间，是留给他周末来住的。我其实还有很多的问题想问他，但我会不会这辈子都见不着他了？

那一瞬间，我有了一丝冲动——起床给池振宸打个电话，通知他。我知道只要他肯挽留，我妈是不会走的，再说，我真的很害怕那种四处漂泊的生活，怕极了。如果再让我回到堂子街那种地方，我怕是一天都活不下去。

过了一会儿，我妈又推门来催我收拾。我看着满屋子的东西，全都想带走，踌躇半天，最终还是胡乱拣了些东西放到箱子里。我看了看抽屉里珍藏已久的早已经变色的礼物，终于决定不带上它们。如果这是一个向过去告别的时刻，或许就该让它们留在这个他曾短暂停留过的地方，与我的记忆一起，永永远远地留在这里。

再见了，神秘人。

把门关好，我掏出手机想给池振宸发个信息，但是，我很快发现，我竟然不知道他的电话号码。因为这几年，我从来就没有给他打过一个电话或者是发过一个短信。我在他的生活里，除了偷偷摸摸叫过他几声“爸爸”，根本就是一个路人，一个不起眼的小角色。如今，想要临阵倒戈通风报信也显得分外尴尬。夜深了，怀着绝望的心情，我蹑手蹑脚地爬起来，想看看我妈有没有睡着，如果睡着了，我准备去偷看她的手机，找到我想要的号码。就算要走，无论如何也应该打个招呼的，不是吗？

没想到我妈房间的灯还亮着，我听到她在里面哭泣。一刹那我有种错觉，以为池振宸在，但很快我就发现不是的，我妈是一个人在哭，她哭得好伤心，仿佛肝肠寸断。透过门缝，我发现她在写信，侧对着我的身影微微颤抖着，看着都让人觉得心痛。我在门口站着等了一会儿，看着她不时停下来掩面痛哭。如果我没猜错的话，那封信她一定是要写到天亮了。

第二天一早，吃过早饭，她又把家里收拾了一遍。最后，她把那封给池振宸的信留在客厅的茶几上，接着对我说：“咱们走吧。”

“去哪里？”我问她。

“沈阳。”她说，“快点，误车就麻烦了。”

“肚子好痛！”我捂住肚子说，“我想上厕所。”

“快去，给你五分钟！”她看上去很生气。

我在厕所里磨蹭了快十分钟，她在外面敲门，催了我三次。

这十分钟没有改变我的命运，池振宸没有出现，没有如我所愿地堵在门口说："你们哪里也不许去！"

临走，我只好使出最后一招，掏出早就藏在口袋里的铅笔，在马桶上方的墙上用力地写下了两个粗粗的字："沈阳"。

我很希望，池振宸，或者别的什么人，能够看得见。

很多年以后，我看了一部电影，叫《肖申克的救赎》，我意外地发现，我妈真的和里面那个男主角挺像。那个男的是用了很多年的时间来越狱，而我妈或许从跟了池振宸的第一天起，就开始计划着如何离开他。这个计划不知道在她脑子里反复演练了多少遍，才让她可以完成得如此完美，天衣无缝。

她不仅骗了他，还骗了我，我们根本没有去沈阳。在那列灰色的开得迟缓得不能再迟缓的列车上，我睡睡醒醒。最后在一个莫名其妙的小站台，我被她匆匆地拉下了车。

"沈阳到了吗？"我问。

"不去了，在这里转汽车。"她拖着大包行李和我的小箱子，一个人昂首走在我前面。我闻着站台散发的恶臭气味，目送那列老旧的灰色列车哼哧哼哧地离开，仿佛是拖着我童年最后的一点儿幸福时光，慢慢离开了我的视线。

几经周折，她终于把我带到了一个南方小城。我们带的东西很少，几乎是重新开始，而她早就看好了这里的房价，找到了房屋中介，迅速地买了一套小房子。房子的面积正好能解决我俩的户口问题，于是我在开学的前一天也顺利地进入了当地一所不错的中学，拥有正规的学籍。而她自己，则在小区门口开了一家小店，专门卖她自己做的衣服。衣服都是手工做的，只此一件，一口价，爱买不买。生意居然不错，足以维持我俩的日常开销。

店名是我起的，她很中意。那个小小的招牌，挂在很不显眼的地方，不认真找你根本看不见，上面刻着两个小小的字："雀斑"。

5

我该怎么来讲我的初中三年？

故事好像很多，但其实都很无聊。

我始终不知道我妈为什么会选择来这个小城落脚，这里的阳光好像从没热烈过，雨总是说下就下，很长的一段时间，我都无法适应这里的潮湿和阴冷。我常常想念北方，肆虐的风沙，灼热的阳光，林立的高楼以及小区门口新疆烤肉串的浓烈香味，那才应该是真正的城市吧，大气，包容，自由，让你相信一切皆有可能。

但因为她回不去，我就可能一辈子都回不去了。我并不是怨恨她，我只是想不明白，她要的到底是什么。就算没有池振宸，愿意养她的男人也不计其数，她为什么却宁愿选择现在这样的生活？就算远离了贫穷，孤独也是逃不掉的宿命。

她真的安心于此吗？

我没问过。不知道是不是性格使然，我们母女俩很少谈心，尽管相依为命，我好像也无从去了解她，哪怕她嘴角上扬，也总觉她有满腹的心事。只有一点我从不怀疑——她在怀念某人，那是一定的。

长久以来，每晚服三粒药丸，一粒白色两粒棕色，是她睡前必做的功课。

我问过她是什么，她答我:“维生素。”

趁她不在的时候，我研究过她的药瓶，全是英文，有一个词看不懂，到网上查了，才明白是“褪黑素”，有助于睡眠。只要不是什么病痛，我便放下心来。但她睡眠不好是肯定的，初三复习最紧张的时候，一般是我比她晚睡，但纵使我再轻手轻脚，上床的时候，她也总是会醒来，披件薄衣，靠在床边问我:“饿不饿?”

正长身体的我总是饿的，明知她辛苦，也只能厚着脸皮点头。她便利落地转身，去厨房给我做蛋炒饭。饭炒得很香，加了绿色的葱花，一粒一粒，松软可口。我狼吞虎咽地吃下，倒头就睡。醒来的时候睁开眼，她多半是在阳台上打太极，一招一式，甚是优美。若时间够，我总是陪她打完一整套，她常常会半路停下来，微笑着看我打完，不说一句话。

这样的生活，与我理想中的模式相去甚远。我只想赶快长大，去拥有属于自己的人生。那种迫不及待像沸腾的火山暗流，不时在我心里汩汩涌动，催促我快快启程。

拿到天中高中录取通知书的那一天，她让我到维维安家去送礼。我中考的分数差了两分，多亏维维安的爸爸帮忙，我才得到珍贵的扩招名额。我打开袋子一看，礼物是两条中华牌香烟和两瓶五粮液酒。

我问她:“人家不收怎么办?”

她笑着说:“又不是什么值钱的东西,应该会收的。”她穿一件自己做的素雅洋装,脸上是恬淡的笑容。我心里忽然恶毒地想,她难道不知道最好的谢礼是什么吗?如今什么时代了,还有人送这么老土的礼物?

“要不你去吧。”怕被人嘲笑,我临时打了退堂鼓,有点不情愿地窝在沙发上,假装认真看电视。

她走到我面前,拿眼睛瞪我,不说话。我知趣地拎了袋子出门。其实我内心是愧疚的,如果不是我这么不争气,硬生生差了这两分,如她这般骄傲,绝不肯放下身段去求人,更何况是去求一个对她有非分之想的男人呢。

维维安跟我同校同级,但不同班。她是我们学校有名的“文艺女青年”,整天抱本书在校园里踽踽独行那种。我们都知道彼此,但从没有说过话,更谈不上是朋友。

是的,她爸爸之所以肯下这么大力气帮我,是因为他一直在追求我妈。

维维安的爸爸是个生意人,年纪跟我妈差不多,不算很有钱,但在我们这里还算有点势力,各单位的头头脑脑都认识。他很欣赏我妈设计的服装,多次想跟我妈合作办厂,把她的服装做成品牌,但都被我妈拒绝了。

我妈心里只有池振宸。

尽管当年她义无反顾地从他身边逃离,但她是爱他的,并且只爱他。这一点我确信无疑。别的那些男人，就算对我妈再好，在我妈生命里，也只能是朵朵浮云。

按我妈给我的地址，我敲开了维维安家的大门。她家住在我们这里较好的小区，电梯公寓的顶楼。门卫盘问了半天才让我上楼，好像我是小偷，弄得我很不爽。按了门铃，来开门的正是维维安，短发，睡裙，用身子挡住半开的门，一脸戒备地问我："有什么事吗？"

我把手里沉重的袋子递上说："给你爸的。"

她并不伸手来接，只是伸过头来瞄了一眼，淡淡地说："他不在家。"

"那麻烦你转交。"我弯腰，把袋子放到她家门口。正准备离开，她却突然伸出手抓住我一只胳膊，用温柔却也严肃的语气对我说道："我可以求你一件事吗？"

她居然用"求"这个字，着实吓了我一跳。但她接下来说出口的话却是我无论如何也想不到的，她说："能不能请你妈妈以后不要再缠着我爸爸了？"

什么？！我真怀疑她是不是书看得太多所以把脑子看坏掉了。这两三年来，明明就是她爸爸一直在缠着我妈，用尽心思地想追求我妈好不好！

就说我读书这事吧，也是他先夸下海口说自己有门路，我妈才请他帮忙的。如果维维安指望着这点小恩小惠就能让我从此在她面前低三下四，那她真的大错特错了。我深吸一口气，然后微笑着说："我看你还是先管好你爸吧，让他别有事没事在我妈店里晃悠。”

她轻轻地哼了那么一声，拎起地上那个袋子递给我，一口气说道:“我承认我爸很傻很天真，你妈很美也很有手段，但他们真的不合适。如果你妈能高抬贵手放过我爸，我想我会因此感激她一辈子。礼物什么的就不必了，我们心领了！”

她说这些的时候，眼睛毫无畏惧地盯着我，甚至还带着一丝丝微笑，好像她是个等了很久才可以上场的演员，这些台词早就在她心里滚瓜烂熟了，只等着我这个看客出现，她就可以尽情表演。只可惜她演技太烂，我无心捧场，和她对话半句都是在拉低我的智商。我差不多是一把从她手里抢回那袋礼物，头也不回地下了楼，直接打车到了某家礼品回收店，一阵讨价还价后，换回八百块。

肯定是亏大了，但总好过把它扔掉。

我揣着钱就进了邻近的商场。在贝玲妃柜台流连良久，最终将一小支防晒乳液以及“That Girl（那个女孩）”光亮面霜收入囊中。其实我很少化妆，我喜欢某样东西，只是因为钟爱它的气质。十六岁的我早已深谙一个道理：要想在总令你沮丧的现实里像公主一样地活着，前提条件就是尽一切可能宠爱自己。

从商场出来，太阳特别毒，我买了一支甜筒边吃边往公交车站走去，街角拐弯的时候我忽然看到了刘翰文。多日不见，他俨然已成功晋级骨灰级小痞子的行列，头发染了一小撮金黄，裤子上差不多有一百个小口袋，蹬一双看上去有十公斤重的厚底鞋，骑在一辆闪得人眼睛发花的摩托车上。看见我，他惊喜地和我打招呼:“嗨，it's me（是我呀）！”

我拍拍他的车:“够酷，哪儿弄的？”

“找朋友改装的。”他得意地说，“上来试试？”

我该怎么介绍刘翰文呢？关于刘翰文的传说多半都是跟他爹有关的，比如他爹是我们这里的首富，他爹有七个老婆，他爹请一次客花了十万块，他爹每次揍他都把他吊到天花板上用鞭子抽……和他爹比起来，他的个人标签就显得简单多了，就三个字：富二代。

我已经想不起来是怎么跟他认识的了，应该是在一次朋友的朋友的朋友的生日聚会上。他看上了我，跟人吹嘘三天就能追到我，如今两年快过去了，他依然毫无建树。在这期间他也谈过无数次恋爱，也有女生曾经为他要死要活，但是他依然对我心存意念，原因很简单：得不到的才是最好的。

只可惜，他不是我喜欢的那种类型。一眼就能看透的男生，没意思。

天太热了，我本来都想跳上他的车让他送我回家，但就在这时候我看到了维维安。她正从街边的一家小书店走出来，看了我们一眼就往前走去，她的眼神“翻译”过来分明就是:“你就整天跟这样的人混在一起吧。”于是我临时改了主意，冲刘翰文摆了摆手，矜持地微笑了一下，快步跟在维维安的后面。

他得来追我，这是必须的。

摩托车的轰鸣声在后面响起，刘翰文果然追了上来。我第一句台词还没有酝酿好，他的车子已经在我和维维安面前一横，直接拦住了我们的去路。

“你要干吗？”抢在我前面说话的人居然是维维安。

“你说呢？”他反问她。

维维安用手里的书用力拍了他大腿一下，大声说：“我都说叫你别骑这样的车出来丢人现眼了吧，整个儿一街头流动小丑！”

刘翰文笑得像个太监，谄媚又讨好。

紧接着，只见维维安以非常矫健且熟练的姿势跨上了刘翰文的车，抱住了他的腰。“拜拜！”他回头跟我打了个招呼，不过短短几秒，两人已经风驰电掣般地从我的视线中消失。

这两个人居然认识？这是演的哪一出？

不过我才不要友情客串，让他们自娱自乐去吧。

“送完礼”回到家中，发现我妈特意关了店，要带我去买新手机。我真心想要一部苹果4，但这显然完全不在她考虑范围之内，连看都不多看它一眼。这么多年过去了，她用的始终还是当年那部诺基亚，边都磨白了，还常常死机。我怂恿她说：“你的手机也该换了，不如换个‘苹果’吧，很好用的，还可以玩游戏。”

“我没事玩什么游戏？”她举着她的“古董”对我说，“我用手机顶多就是给你发发短信，这个挺好，用得顺手，换一个还不会使呢。”

最终她给我挑了一部小小的三星，一千元左右。

“女孩子用这个好。”她高兴地说，“小巧，又漂亮。”

我不喜欢，但仍然双手接过，装出微笑跟她说谢谢。不知道从何时开始，我耻于当面跟她提任何的要求，早已习惯在她面前藏起自己所有的欲望，仿佛这才是懂事体贴的唯一象征。我出自真心不想为难她，所以宁愿为难我自己。

本来都说好买完手机在附近吃小火锅，谁知道她看了看贴在门口的价格表，拉我一把说："还是回家吧，昨天没吃完的烤鸭还在冰箱里呢，不吃多浪费。"

我懒得抗议，因为早已经习惯，明白抗议也是无效的。

这三年来，我不时会想起池振宸和他曾带给我们的那种生活。他对生活品质的讲究和他用钱的大方甚至挥霍，总是不免让我有一种被珍视的感觉。但我知道那只是幻觉，而且那样的生活再也不会有了。他没有找来，我想大概也不会再出现吧。

不过那晚我居然梦到他，梦里我又回到小姑娘时代，他却已经是满头白发。他牵着我的手走到老师面前，对她说："她要是不好好写作业，就罚她抄十遍。"

说心里话，我愿意抄，如果这不是梦。

6

很多时候，我讨厌夏天。我讨厌灼热的阳光、总是黏湿的皮肤、呜呜作响的空调和没完没了的白天。

最重要的是，仿佛所有令人担心的事，都会在夏天发生。

因为拒绝了补课，我整天在家看碟。我承认我有些地方很不像九〇后，既不爱穿越小说，也不爱漫画，不喜欢那些整容整得人不像人鬼不像鬼的各路女明星，也不喜欢韩国的各种“欧巴”。

事实上，在所有的明星里面，还是有一个我喜欢的，那就是舒淇。她和我有太多相似之处，都是从小家里穷、经常被妈妈揍。与我不同的是，她选择一次次离家出走逃避一切，我却早早地认清了人生的宿命，与其兜兜转转回到原点，不如握好手中仅剩的牌，等待那个出牌的机会。我收集舒淇所有的照片，放在一个文件夹里。我看网站上人们对她来来回回的评论和诋毁，只看，不评论。睡不着的夜晚，我从床上爬起来，偷偷地对着我床头的那面小镜子化妆，模仿她放下一头长发，模仿她把眼线拉长，嘴唇涂得厚厚的，模仿她慵懒的笑容。我没有一刻不希望自己变得更美，我深知这种美必须独一无二，才能尽可能地延长它的生命和延展它的诱惑力。

整个夏天的时间，我都用在了自恋上。

本来我妈答应和我去旅行一趟，带我去看海，机票和酒店都去旅行社询好价了，却又因为临时接了服装厂一个设计的活而泡汤。

“做完这一笔，可以挣到不少钱。”她喜滋滋地对我说，“上了天中，就等于一只脚踏进了大学的门槛，我得多替你存点。”

“我考上大学后，你怎么办？”我问她。

“没想过。”她说，“你能独立了，我一个人怎么都好。”

本想试探试探她，可她说得那么伟大，令我完全没法接招。我一沉默，她反过来问我：“你想去哪里读大学？”

“北方。”我说，“南方总是湿答答的，不习惯。”

这一回轮到她沉默。

那几天，她都没日没夜地泡在郊区的服装厂里，店全交给我打理。因为天气太热，加上货也卖得七七八八来不及补，生意很是清淡。下午四点半，我昏昏欲睡的时候，有人送来快递，是一个大纸箱子。一开始我以为是她的货，埋头签收的时候，发现这个分量不轻的东西竟然来自我的老家。

那个地名，我承认我已经忘记很久了。我很吃惊，一直以为她和老家早就断了联系，没想到竟然还有信件往来。

里面是什么？礼物？

快递员离开以后，我迅速找来一把小刀，弄开了缠在箱子上的那些胶带，打开了箱子。映入我眼帘的是一堆杂物，主要是衣服鞋子之类的东西，但一看就不是新的。放在最上面的，是一本相册。

我打开相册，里面夹着一封信。把信拿开，就看到一张合影——六寸的彩色照片，被水汽侵蚀，所以有些变色。我首先认出的是站在左边的她，这么多年，其实她的变化并不是很大，长头发，大眼睛，总是微微抿着的嘴唇，透着她独有的自以为是的骄傲。中间那个小孩，应该是我，穿了一条牛仔裙，乱七八糟的短发，手里握着一个形状古怪的玩具——应该是水枪吧，板着一张脸，似与世界有仇。最右边的那个，我猜，应该是我爸爸。只能靠猜，是因为他留在我记忆中的痕迹实在是太少了。在这之前，我从没见过他任何一张照片，所以，我压根不知道他到底长什么模样。我盯着照片中的那张脸看了很久，那个陌生的、早已经远去的人，不得不承认，其实他很帅。当年我妈就算被逼到绝境，仍对他一往情深，也是难怪。

我的眼光好不容易转移到被我握在手里的那封信上，黄色的信封，上面只写了四个字："爱玲亲启"。我以为那会是某封我爸写给我妈的旧情书，但打开来发现不是的，信是她表哥写来的，落款就在前几日。信的内容如下：

爱玲，见信好：

你还记得吗，箱子里的这些衣物，是你当年离开家里时，托我替你保管的。我一直等着你回来把它们取走，没想到，一等就是这么多年。我怕我走后，没有人保管它们，会被扔掉，所以还是将它们寄给你。虽然你曾经说过不要了，但是我想，属于你自己的东西，还是由你自己来处置比较好。

得知小薇考上了重点高中，替你高兴。你一个女人，这么多年独自拉扯她长大，不容易。不过，表哥也劝你，不要再一个人撑着了，遇到合适的人，就嫁了吧。小薇总有一天要长大，要嫁人，你自己有个完整的家，才算是真正地安定下来。

我在天上也会保佑你们的。

另：不要再寄钱来，寄来我也收不到了。

祝一切好！

表哥匆笔

寄钱?

我们家一直不是很富裕，客厅的空调早坏了，一打开就吱吱呀呀地响，我早就想换一台了，她却说还能用。我以为家里没钱，谁知道她竟然把钱寄给别人!

看来，她瞒着我的事情还挺多的。我盯着那封信，脑子里像被什么东西麻麻地电了一下，完全没了思想。好不容易回过神来，我把信纸迅速地塞回信封，放回相册，找来胶带把那个盒子重新封死，推到墙边。

我不准备告诉她，并且我决定今天提早关店，自行将这些东西“处理”掉。我是为她着想，这应该是她不喜欢的回忆，不然她早就将它们取回了。我同时也是在为自己着想，毫无疑问，箱子里那些年代久远的东西散发着灾难的气息，它们让我不安，让我窒息，让我想要找个什么东西重重地捶上几拳。

刘翰文就在这时候恰到好处地推门而入。

他戴了一顶滑稽的宽边礼帽，嘴里叼着一根雪茄，冒充大佬。我对他“苦心经营”的新造型并不感冒。在得知他跟维维安有一腿以后，他在我心中的分量更是下降至少三成以上，但这些并不妨碍我对他展露出一个微笑。

“生意好吗，美丽的老板娘?”他走近我问。

“你走错地方了吧。”我说，“这里可不是什么名牌店。”

“错!”他指着我说，“你就是我心目中响当当的名牌!”

“难道不是维维安吗?”我笑。

“你吃醋的样子更添风采!”他凑近我说，“今天弄了辆好车，兰博基尼限量版！他们说上面要坐一个漂亮妞才算真有价值。我盘来盘去，方圆五百里，我认识的姑娘，就你配得上这辆车！带你游车河，你给句话，去不去？”

“可以考虑。”我指着墙角的箱子说，“不过得带上它。”

“是什么？”他把那根压根没点着的道具雪茄含在嘴里，走过去踢了一脚说，“是要我用价值几百万的名车帮你送货吗？”

“提钱多俗。”我说，“那里面都是一些不要的旧东西，我想找个没人的地方把它给烧掉。”

“烧掉？听上去很有趣，难道是旧情人留下的什么纪念品？”他一边说，一边已经弯下腰，伸手去拖那个箱子。拖到门口，他回身对我说：“Come on，baby（来吧，宝贝儿）！”

我对车没什么概念，但一出门就被那辆车震住了——它真的不同凡响，橙黄色的车身，整体造型有种强烈的雕塑感，每一根线条和每一个棱角都在阳光下显示着不羁的野性。比起大街上那些来来去去的车子，它更像是一个天外来客，吸引了无数路人的目光。

“你的？”我问。

“我二姐的，她刚买回来，借我开几天。”他倒算老实。

把那个纸箱扔进后备厢，刘翰文替我打开车门，我毫不犹豫地坐了进去。车子很快就驶出了市区，上了高速。刘翰文开始放音乐，韩国的歌手，吵吵闹闹，我完全不感兴趣，于是伸手关掉了音响。

“增加点气氛啊。”刘翰文说。

我扭头问他:“这么好的车，你不觉得发动机的声音听着更有趣吗?”

他想了一下说:“那是。确实。有道理。对了，带你去个好地方，在那儿可以放心地烧你的东西，没人管你。”

“行，开快点。”我说。

“要多快?”他问我。

“能多快就多快。”我说，“开这车，要是慢吞吞的，不如买辆三轮车。”

“那是。确实。有道理。”他说着，已经在加速。高速上车不多，我不安的心也在疾速的飞驰中慢慢平静下来，不过短短二十分钟的时间，我们已经到达了艾叶镇的一个湖边。刘翰文把车停在路边，我们下了车，他替我把纸箱子抱到一个土坡旁，问我:“要我帮忙吗?”我摇摇头蹲下，把里面的东西一样一样地掏出来。除了那本相册，其余多半是我妈的衣服，有一件红色的礼服，应该是没怎么穿过，不知道是不是她跟我爸结婚的时候穿的，不过看那腰身，她那时候还真是瘦。至于那些小裙子和小鞋，应该是我的，做工都很细致，看来我小时候过得并不算太差。最后压在箱底的，是一个布娃娃，像照片上的我一样板着一张肮脏的小脸。说实话，她的脸真的很丑，辫子上沾着很多灰尘，我实在回忆不出，小时候的我是不是曾经热烈或者温柔地拥抱过这个丑东西。如果是，我该有多么缺爱。

我把它们堆在一起，转头问刘翰文说:“有火儿吗?”

他掏出打火机递给我，终于忍不住开始多嘴多舌:“这些东西看上去很古怪，你能给我简单介绍一下吗？”

“遗物。”我说。

他显然被我吓到，吃惊地问我：“谁的？”

我说：“知道的越少越好。你能替我去捡点干树枝来吗？谢谢。”

他领命而去，等他回来的时候，火已经燃起。他替我把那些树枝一根一根地放到火堆上，转过头看着我说：“阙薇，有句话我必须告诉你。”

“什么？”烧焦的相册发出难闻的气味，我只能捂住鼻子问他。

“你对我而言就像一个谜，快要把我迷死了。”

“你想要答案吗？”我问他。

“不想。”他现学现卖，“知道的越少越好。”

“聪明。”我伸出手，拍了拍他的肩。他指着对岸一片地对我说道：“明年，那里将建成一个很大的休闲山庄，专供有钱人娱乐，这个项目，是我爹负责的。到时候，你就是这里的 VIP 之一。”说完，他站起身来，去车载冰箱里拿了两罐啤酒，递给我一罐。我与他在湖边坐下，对饮，看湖对面的落日渐渐沉入地平面，而身边那堆东西早已经燃烧成黑色的灰烬。我一时兴起，脱了鞋，赤足走到湖边，湖水的凉气从脚底蔓延至全身，藏在体内多日的燥热顿时消散，真是令人愉悦。

回过头，发现刘翰文举着他的手机在偷拍我。被我发现后，他索性大方要求：“Come on，baby，笑一个！”

我警告他："偷拍者，没收手机。"

"你顺便也把我没收了，行不？"他走到我面前来，拿起我的左手，将他的手机放到我掌心里。

"有没有人说过你很像舒淇？"他说。

我瞥了他一眼，露出微笑却不作声，决定更像舒淇一点。

夕阳刚好，湖水正蓝，我仰起头问他："这世界上，你最喜欢谁？"

他想也不想地说："你。"

我看着他说："错。你喜欢我，是因为我让你欢喜。所以，你喜欢我不是为我，是为了你自己的欢喜。所以，说到底，你最喜欢的人不是我，其实是你自己。"

他完全被我绕晕了："等等，你让我先捋一捋。喜欢，欢喜，欢喜，喜欢……听上去好像狗屁不通，可事实上确实有那么一点点道理。"

我把他的手机里我的照片删掉，还给他说："我不要别人用过的东西，哪怕再喜欢，我也不要。"

"我也一样。"他咧嘴笑了，很快补充说，"不过你对于我，永远都是新的。"

我第一次发现，他并没有我想象的那么无趣。他那不拘一格的造型、狗屁不通的英文以及油腔滑调的小聪明，对付维维安那样的矫情女生，还真是绰绰有余。

而对于我，他不过就是今天下午正好送上门来的免费司机，仅此而已。

7

新学期报到的那一天，我才知道托维维安老爸的福，我和维维安都分到了重点班，也就是说，我俩成了同班同学。

天中高中部要求全体学生住校，学校管得很严，平日想出校门，必须要班主任的出门条。偏偏我和她还分在同一间宿舍，她下铺，我上铺。每晚熄灯后，她都不睡，在床头夹一盏应急小灯，读她那些乱七八糟的书。灯光透过床的缝隙照上来，正照在我眼皮上，搞得我也睡不着。第三天的晚上，我终于忍无可忍，敲敲床边对她说："请把灯关掉，不要影响别人睡觉。"

她不理我，只是拿了条毛巾盖到灯上，继续看。

本来光线是弱多了，也不至于影响我了，但她傲慢的态度惹怒了我。第二天趁年级组长来检查的时候，我就当着大家的面指着她的床头直接投诉："我们宿舍有人用应急灯，晚上影响我们休息。"

于是，她的灯被收走了，顺带被收走的，还有她的那些宝贝书。不知道她是不是有不看书就睡不着觉的毛病，那天晚上，她一直在床上翻来翻去，搞得我也很晚才睡着。宿舍里另外两个女孩都屏气凝神，等待着风暴的来临。其实我也在等，不过我不怕她，我既然敢这么做，就不怕承担任何结果。

奇怪的是，除了翻身，她什么也没做。结果，我就在这样全身戒备的状态下迷迷糊糊地睡过去了。

第二天早上，班主任把那些书都拿来还给她，让她收好，带回家，不要再带到学校里来。课间的时候，她当着全班人的面把那些书统统抱起来，全扔进了垃圾桶。喧闹的教室一下子安静了下来，所有人都看着她从教室角落走回自己的位置。有好事者问她:“你干吗呢？”

她很淡定地说:“脏了，没用了。”

此言一出，全班更是一下子静得连呼吸都听得到。

我觉得她就是一个神经病。

吓唬谁呢这是。

我真心讨厌维维安这种女生，表面清高，背地里还不知道有多污浊。当然我也不指望她会喜欢我，我相信她对我早就怀恨在心，迟早会放马过来跟我单挑，但我早就说过了，我不怕她。

从小到大，除了贫穷，我什么都没怕过。

知道我跟维维安有过节后，立刻有好事者向我提供她的隐私八卦。这女生跟我们一个宿舍，名字很怪，叫花枝。我知道她不喜欢维维安，因为她体重一百五，却不慎和八十斤重的维维安撞过衫，对比图曾经荣登天中论坛热评榜。并且，她疯狂迷恋杨幂，维维安却硬是把她贴在宿舍门后的一张杨幂的海报扯掉了，说是有碍观瞻，会影响宿舍的清洁评分。

“你要是想‘弄’她，我可以给你图片上传天中论坛。”花枝说。

“你自己为什么不传？”我问她。

“别说我不帮你！”见我态度不热情，她横我一眼，摇着肩膀走掉了。

只怪她不了解我。这世上，任你是谁，都休想把我当成那种心甘情愿当别人枪子儿且自动上膛的傻子。我真的要“弄”谁，自有我的办法，靠别人算什么本事。

也许是继承了我妈身上的某种特点，我比较招男生喜欢。有男孩就曾经说过，我身上有某种特殊的气质，令他欲罢不能。有个男孩半夜打电话为我唱情歌，说此生非我不娶。他没考上天中，我在他 QQ 空间里发现了别的女孩的照片后，就把他永远地拖进了黑名单。还有个男孩曾经为我自杀，他走到小河中央的时候被路人发现拉了回来。所有人都以为他是因为考不好要自杀，只有我们俩知道事情的真相，因为我对他说，如果你有勇气跳下那条河，死不了，我就让你吻我的唇。

他当然没吻到我的唇，我只是逗他玩。其实我从来就没想过要做任何人的女朋友。那些前赴后继的男生，最多也就是牵牵我的手，除此以外，想都不要想。

和那些动不动就为了爱情奉献一切的脑残女生比起来，我知道我比她们要聪明许多，也高贵许多。这个认知一直让我感觉良好。

唯一让我对此产生怀疑的人，是维维安。

好吧，我承认，她让我不安。

应急灯事件后，她一直没报复我，视我若空气。相反的是，很长一段时间，她就是我的眼中钉、肉中刺。我只要一看到她，就会想起她在我耳边说过的那句狗屁不通的话：“能不能请你妈妈以后不要再缠着我爸爸了？”

她看不起我。

可是，她凭什么？

周末回到家，妈妈在房间里换床单，我走过去帮她，忽然发现换上的竟然是我前段时间在商场看中的那款。这床单价钱贵得离谱，当时她犹豫了很久，最后还是拉着我走了，我一直很失望，没想到她竟然买回来了！

“你不是说太贵了吗？”

“我手工做的。”她说，“这个花色很少见，跑了不少地方才找到。”

我心里一软，感动得鼻子酸酸的，这一针一线，她要花费多少时间？

“对了小薇，前一阵子你有没有帮我收过一个快递，送到店里的？”她忽然问我。

“有好多个，你说哪一个？”我按捺住不安的心跳回答她。

“应该是一个纸箱子。”她比画了一下说，“不会太小。”

“那没印象了。”我说，“是什么重要的东西吗？”

“没什么。”她一边埋头收拾东西一边埋怨说，“现在的快递公司，真是越来越不靠谱了。”

还好她没再继续追问下去。

那天很晚才将家里收拾停当，菜也没来得及做，我们俩只能吃面条。酱油没了，她说去楼下超市买，顺便买半只烤鹅。因为走得匆忙，没拿手机，她刚下楼手机就响了，我一看，是维维安的老爹。手机响了两次我都没替她接，短信来的时候我实在忍不住伸头去看，看到的竟是这样的一行字：“贷款的事已找到人，但抵押房屋，还是要三思。”

我脑子当时就炸了。

贷款？抵押！

我一把抓起手机，想搞明白她到底又在玩什么鬼把戏。可是，她的收件箱里信息少得可怜，除了我给她发的几条报平安的日常短信，就只有这么诡异的一条：“……但抵押房屋，还是要三思。”

这件事实在令人想不通。平日里她节俭惯了，保养品都不舍得多买一点，这样的人怎么会突然需要这么一大笔钱，还要用房子去抵押？难道……我想起那一箱子被我烧掉的东西以及她表哥的那封信，心里的不安开始蔓延开来。不过我想好了，不管她要做什么，反正我就是一个态度：她要是胆敢抵押或者卖掉这房子，我就跟她拼命！

等她回到家里，我把手机递给她说：“手机响过，我没帮你接。”

“哦。”她迅速接过翻看了一下，神色如常，只是匆匆把它塞到口袋里，说，“你该饿了吧，我这就下面条去。”

吃面的时候，我们俩面对面坐着，气氛有点奇怪。还是她先打破沉默，没话找话地问我：“学校的饭菜不怎么样吧？”

“还好。”我说。

“学习跟得上不？”

“还好。”我说。

“跟同宿舍的同学处得还好？”

“还好。”强忍着濒临爆发的情绪，我的口气好不到哪儿去。很快她就发现了。

“你怎么了？”她抬头问我。

“我好得很。”我猛地把碗往前一推，对她说，“你手机拿来。”

她质疑地看着我：“你要打电话？”

“拿来。”我干脆地说。

她好像明白了什么似的，眼睛里的光瞬间暗下来，埋下头拌着碗里的面条，对我说：“这些小事你不要管。”

都要把房子抵押了，她还说是小事？！那还有什么算是大事？我心里的火一下子就被撩拨起来。我快速走到她身边，把手机从她口袋里一把抽出来。她完全没料到我会这样，因为躲闪不及，竟然踉踉跄跄摔倒在地，碗也跟着掉在地上，摔成了好几瓣，面条和汤糊了一地。

我顺利抢到手机，举着它，打开了那条短信，俯下身，对坐在地上正狼狈整理衣服的她说：“你贷款？贷款做什么？”

她挣扎着站起来，我下意识地退后两步，没有去扶她。我很少对她这样咄咄逼人，但是到了这时候，我必须问出想要的答案。她当我还是那个任她扯着东奔西跑不敢抱怨不敢反抗的小孩子吗？不，我早就不是了。今天我一定要证明给她看，我不傻，不疯，不像她！当然也没人会像她一样，拖着自己的亲生孩子背井离乡流浪漂泊，有好日子不过，空长一个漂亮的躯壳，守着莫名其妙的自尊苦熬一辈子！

我，才，不，要！

不知道是不是我眼里的某种不屑的神情让她看懂了，站起来的她没再和我撕扯，而是沉默地进屋去换了一身衣服出来，然后径直在沙发上坐下，用很冷静的语气对我说道:“我表哥，最近身体出了问题，需要换肾。”

“表哥？哪门子表哥？”我气结，她到底还是知道了。

“就是你表舅舅，你别忘记他对我们有恩！你爸当年得病的时候，别人都躲着我们，就他借过不少钱给我们，现在他病成这样，我怎么可以不管？！”她的情绪开始激动起来。

我却比她更激动:“管管管，你拿什么管？你也不想想自己的能力，到时候贷款还不起，房子没了，你打算怎么办？住到大街上，还是干脆搬回堂子街去算了？！”

我气得都有点头晕，扶住沙发靠背继续朝她吼道:“有什么人要抵押房子帮人治病的？！拜托你做事用点脑子好不好！”

“小薇你别急，”她走到我面前来，握住我的手，试图让我平静下来，“大不了我辛苦点，多做点生意。钱没了，可以挣可以借，可是命没了，就什么都没有了！”

我一下子推开她的手，觉得她的这些话简直是天方夜谭:“他没命了关我们屁事？挣钱是要力气的，借钱是要还的你知道不知道？你打算怎么还，用这房子？还是用你自己？我看你干脆把我卖了算了！”

我知道我的话难听极了，但她的白痴行为真的让我无法控制我自己的嘴巴。我看到她脸上先是一阵抽搐，然后就定格在那里。这是我第一次大声冲撞她，其实我也害怕得头皮发麻，但我却努力直着腰，不想在声势上先输掉。因为我真的无法面对失去这套房子的恐惧，我闭上眼都能回到在堂子街那个阴暗潮湿的破屋子里趴在床上点着小台灯做作业的落魄场景。光是想象，我都觉得恐惧和耻辱！

我看着她摇摇晃晃地转身，蹲下身，捡起一块碎掉的碗片，猛地往窗玻璃上砸去。一整片厨房的玻璃都碎了，哐里哐当，那些玻璃的碎渣掉在炉灶上、地上，掉在面锅里。我下意识地捂住脸，尖叫出声，但好像还是有无数细小的碎玻璃溅到了我的脸上、眼睛里。

我宁愿她砸的是我，我宁愿她直接把我砸死。

我跑回了小屋，感觉脸上火辣辣的疼，疼得要命，疼得快死掉了。奇怪的是，她根本就没有动我一根毫毛，甚至没有骂我，但我就是痛得无以复加。我对着镜子流了一小会儿泪，用指甲划过镜面，抚摸镜子里的那个我。我不认识她，去掉所有的伪装之后，她真的很丑，很难看。她早早丢失了少女该有的美好和纯真。她不幸福，因为她总是一无所有。

我扭过头不看镜子里的那个她，咬牙切齿地告诉自己不能哭，没什么好哭的。但是我却哭得更厉害了，直到被深深的倦怠淹没。我好像睡着了，心里却哀伤着，仿佛立在悬崖峭壁，上天无路，入地无门，无处求告。

直到深夜的时候，她才来推开我的门，却远远站在门边，只说了一句话："小薇，你可以恨妈妈。我将来要是有什么事，你也大可不必管我。"

说完，她没有等我回答就转身回了自己的房间，留下我在黑暗里，独自揣摩这一句话到天亮。

8

第二天，我一直睡到中午才醒。

推开房门，发现家里没有人，她应该早已经去店里了。厨房的碎玻璃已经清理干净，我昨日拿回的脏衣服，已经被她洗干净晾在阳台上，还有我的球鞋，也被仔细刷过了，放在窗台上沐浴着阳光。餐桌上是做好的饭菜，有我最喜欢的糖醋鱼和西红柿炒鸡蛋。

若是平时，我会把它们热一热，美美地吃完，然后去店里陪她一会儿。

周末是她店里生意最好的时候，常常会忙不过来。偶尔遇到几个挑剔的顾客，也多半是我来对付，磨到最后总能让他们乖乖买单，因此她总是取笑我面皮比她厚，更适合做生意。

但是今天，我没有胃口吃饭，也不知道该不该去店里，不知道经过昨晚的争执后该如何面对她。

刚刚入秋，酷暑还没过，正是太阳最毒辣的时候，不知不觉我已经汗流浃背。家里那台破空调只会吱吱呀呀地响，没有一点凉气，我心里本来就憋着气，它一响我更烦躁了，顿时觉得好像全世界都在跟我作对，我妈欺负我，连这台破空调也欺负我。

空调还在孜孜不倦乐此不疲地响，气得我顺手抓起墙边的拖把对着它一阵猛敲，这下好了，它停了，寂静无声。

就在这时，门铃忽然响了，我以为是她回来了，心里琢磨着该如何面对她。我提醒自己一定要冷静，多说点好话，毕竟我们很少吵架，彼此给一个台阶下也是必要的。谁知道打开门看到的竟是维维安的爸爸。他腋下夹着一个公文包，行色匆匆地问我："你妈妈呢？"

"应该在店里吧。"我后退一步，示意他进来。

"可是我刚才去的时候，店门还没开啊。"他站在门口，有些犹豫，不知道是该进还是该走的样子，很有些不好意思地对我解释道，"我一直联系不上她，只好来家里看看。"

"有什么急事吗？"我问他。

"还……好吧。"他吞吞吐吐，但脸上的神色一看明显就是有急事。

我说："要不您进来坐坐吧，我给她打个电话看看。"

"也好。"他说。

我给他拿了拖鞋，他弯腰换上，轻车熟路地在我家那个小小的沙发上坐下。看来我不在家的时候，他没少来这里。

"家里很热，没开空调吗？"

这话到了我这里竟有些刺耳，我知道他并不是在讽刺，可是被外人看到我们家的狼狈和落魄，我敏感的自尊心又在作祟了，一下子坐立不安起来。

"坏了。"我赶紧抓起电话拨我妈的号码，果然不在服务区。

“兴许是没电了。”我说。

“可能吧，也不知道她去哪儿了。”不知道是不是为了活跃气氛，他接着夸我说，“听维维安说，你在班上人缘很好啊！”

一听就是他在胡扯。维维安除非脑子进水，不然死都说不出这样周全客套的话。但我还是照单全收，微笑着回他：“人缘好有啥用，你家维维安聪明，书又读得多，比我强太多了。”

“你要多帮助她，她这个人，迷糊得很，幼稚得很！”

这个可怜的男人，一开口就暴露了他对自己女儿的了解值绝不超过百分之十的悲惨事实。维维安迷糊？维维安幼稚？就算世界上所有的形容词都消失了，我也不会把这两个词安到她身上去。

不过我可没那么多工夫与他扯这些闲话。我将身子转向他，诚恳地进入正题：“维伯伯，你说我妈拿房子去做抵押贷款，会不会有风险？”

“怎么，你知道这事了？”他略显吃惊。

我点点头，问他：“那你知道我妈贷款是要做什么吗？”

“应该……是做生意吧。”他说。

我摇摇头：“维伯伯你有所不知，我很小的时候，我爸就生病了，为了给我爸治病，我们花光了所有的钱。我外公外婆去世得很早，我们穷得没饭吃的时候，那些亲戚也没管过我们。这两年，我们的日子刚过得好一点，他们倒想方设法来骗她的钱！说是得了什么肾病，我敢肯定根本就是一个谎言，可我妈也就是一个善良的傻瓜，从来都不懂得拒绝，不懂得保护自己。维伯伯，我妈真的太累了，我不想她再这样累下去。我不敢想象，如果因为这件事，我们再一次没有房子，没有家……”

这些话真的触动了我自己内心的悲戚，我无法继续说下去，只能任由眼泪哗哗地涌出眼眶。维维安的爸爸有些慌神，他赶紧把桌上的纸巾递给我，对我说道：“快别哭了，别哭了，叔叔答应你，保证你不会没有家。我保证还不行吗！”

“我妈的脾气你不知道，她倔得要死，一旦决定了的事，谁说都不听。”我抽泣着说。

“我怎么不知道！”他高声说道，而后又深有感触地说，“我来就是告诉她，贷款的事恐怕没那么顺利，不过你不用担心，我有办法的。”

“您可别误会！”我连忙一边抹泪一边跟他解释说，“我绝不是要跟您借钱的意思，相反，我是希望您千万千万不要把钱借给她。我可不希望我妈妈再一次被别人骗，连带您也受伤害。”

“难为你小小年纪就这么懂事，”他叹息说，“维维安有你一半懂事我就满足了。”

“叔叔，我还有事求你：我跟你说的这些，你千万不要告诉我妈妈。你知道她这个人，要面子。”

他点点头，起身告辞。我走过去替他开门，回头就听见他说：“我下午让人来修空调，你最好在家不要出去。这么热的天没空调怎么行。”

“修不好的，修过很多次了。”我说。

“那就买一台新的吧。”维维安的爸爸说道。

就在这时候，门铃又响了。打开门，门外站着的竟然是维维安。估计是一路跑着来的缘故，她还在喘气，两颊通红，刘海汗湿了一大半。看到我，她直截了当地说："我找我爸。"

我只退开半步，她已经像个小地鼠一样毫不客气地自行溜进来，立在我家客厅中央，用一种含有特别讽刺意味的语气对她爸说道："维大同，你居然、果然、真的在这里！"

"你怎么来了？"她爸爸显然吃了一惊，连忙站起身来。

她看了我一眼，回答："你能来，我就不能来吗？"

"哦，对啊。"维维安爸爸摸摸头说，"我都忘了你和小薇是同学。"

"我不找什么小薇，我就找你。"维维安走近她爸，低声说，"交出来。"

"什么？"她爸爸显出不明白的样子。

"你别逼我。"维维安咬牙切齿。

"你在说什么呀，莫名其妙的。先跟我回家吧。"她爸眼光闪烁地看了我一眼，走上前去轻轻地拉了她一把。

"我让你把我要的东西给我交出来！"维维安用力甩开他，朝着他大喊大叫。

"过分了啊！"她爸爸转身拿起放在沙发上的黑色公文包，用手指着她，语气严肃地说，"有什么事跟我回家再说！"

"见不到我要的，我是不会回家的。"维维安说完，扑上去抢她爸的包，她爸不让，赶紧躲闪。两人你来我往，好一阵争夺后，维维安一下子没站稳，猛跌在地板上。

"你没事吧？"见维维安皱着眉，半天也没从地上爬起来，她爸显然吓到了，赶紧把包放在地上，伸出双手去扶她。谁知道维维安此时却突然跳起来，如同侠女附体，一个飞身重重地压在了公文包上，就再也不动了。这动作场面，竟有些令人眼花缭乱。

最后，维维安的爸爸只好认输，俯下身对趴在那里的维维安请求道:“闺女，我求你别闹了行不行?”维维安这才撑起半个身子，用一只手拉开包的拉链。从我站的这个角度，正好能看到包里面装的东西，没猜错的话，应该是一捆捆的红色人民币。与此同时，我看到的还有维维安的侧脸上闪过的一丝诡异而得意的笑容。

这父女俩在我家到底演的是哪一出?

“真不好意思，我们先走了。”维维安的爸爸飞快拉上公文包拉链，扶起维维安，一边跟我打招呼，一边往门边走去。维维安则用两只胳膊紧紧夹着那个黑色公文包，一副生怕我将其抢走的可笑姿势，倒退着出了我家的门。

门关上那一刻我忽然想到——难道那些她拼死捍卫的钱，是她爸要借给我妈的吗? 如果是，这事还真够一厢情愿得滑稽可笑。

其实，就我对我妈的了解，除非万不得已，她是不会跟朋友借半个子儿的，要不然，她怎么会把自己活生生逼到贷款的地步?

为了彻底搞清楚状况，我花了些时间稳定了情绪，把被维家父女弄得一团乱的家里收拾了一下，决定还是去店里探探虚实。

我去的时候，她正在给一个中年女人量三围，见我进门，吩咐我说:“打个电话叫人送桶水来，水没了。”

“你女儿啊?”那女人故作惊讶地吊高嗓子说，“长得真好看，简直跟你一模一样！”

“一样吗？”她微笑着，却话中有话，“我觉得我们一点儿都不像。”

我不客气地扭过了脸。我不是来跟她吵架的，所以我只能忍着。我打电话叫了水，把垃圾扔掉，又默默地替她整理了一下衣架上的衣服。直到她把客人送走，我才对她说：“刚才维伯伯到家里找你来着。”

“是吗？”她说，“我手机没电了，刚才去银行了。”

没等我说话，她接着对我宣布说：“贷款的事黄了。”

“哦。”我心里一喜，但还是假装镇定地问她，“那怎么办？”

“你说怎么办？”她很无聊地反问我。为了不上她的当，我只能保持沉默，装作看柜台上的报纸，不敢与她有眼神交流，怕被看穿。

“我那个快递，你真没收到吗？”

为了掩饰内心的慌张，我没好气地说：“你好好找找呗，反正收到也肯定放在店里，我拿你的快递有什么用！”

“我买了今晚十一点的火车票，不管怎么样，我得回老家一趟。”她并没发现我情绪反常。

“没钱去干吗？”我快嘴地说，“小心被他们打出来。”

我没乱讲，我表舅的妈，绝对是个悍妇。我还记得小时候有一次在她家吃饭，吃到一半被她赶下桌，让我蹲在地上吃，原因很简单——我夹菜太频繁。从小到大，我只要在她面前，就一定是她数落的对象。我那时候最恨的人就是她，学会画画后，没事就画一个丑小人，旁边写上她的名字，再用削得尖尖的铅笔，一笔一笔地把她的脸划个稀巴烂。总之，此恨绵绵无绝期！

这种人的闲事，我妈居然也去管。对此我也只能是扶额，再扶额。

“如果真救不了他，也得去见他最后一面。”我妈说，“做人不能这么没良心。”

我忍无可忍地回击她：“要按你这么讲，有天池振宸若是死了，你不更得去奔丧守夜了啊？”

时隔这么久，这是我第一次在她面前提起这个名字，而且，提得如此自然和流畅，把我自己都吓了一跳。我深知，这触及了她的底线，但我不怕，我就是故意的，她不让我好过，我为什么要饶过她。

她只是看着我，一句话不说。她眼神里透露出的失望激起了我更深一层的愤怒，她能指望我怎么样呢？勤劳、善良、勇敢、正直？得了吧！为了让她彻底清醒，我对着她撂下了更狠的话：“你要是真去了，回来就再也见不着我了。”

谁知道，她根本没被我吓唬住，而是回了我简短有力的三个字：“随你便。”

我恨恨地看她一眼，摔门就走。她压根不来追。这个杀千刀的没良心的女人，我估计她就算眼睁睁看着我一头撞死在公共汽车的车轮下，也会冷静地找人替我收尸，草草将我埋了便罢！

想着这些，我真是伤心透了。江湖险恶，世事无常，小人出没，人心叵测。我一个十六岁的女孩，无依无靠，该如何招招化险为夷，才能徒手夺回被命运以及我愚蠢的妈妈横刀夺走的本该属于我的一切？

或许，是我该好好思考一下的时候了。

9

周六的晚上，天空忽然下起了小雨。由于还不到返校时间，我到达天中的时候，那里就像是一座清冷的孤城。

可是除了返校，我无处可去。我走的时候，她正在客厅里收拾行李，不知道是不是近乡情怯的缘故，她看上去情绪稍有些紧张，一会儿找不到雨伞，一会儿又找不到洗漱包。她把旅行袋的拉链拉上，忽然问我："今天周几？"

"周六。"我说。

"周六你返什么校？"她这才反应过来。

"明天要考试。"我撒谎。

"哦，这样。你要是不急的话，我打车去火车站正好可以顺路带你一程。"

"不用了，我自己坐公共汽车。"我可没打算领她的情。

"对不起。"她在我身后低声说道。

我推开家门走了出去，没有停留。我宁愿相信是自己的耳朵出了问题，也不要她这些虚头巴脑的道歉。因为如果她出自真心，就该把旅行包扔下，哪里也不去。毫无疑问，在这个世界上，我是她唯一的亲人，我希望她学会考虑我的感受，很可惜，这一次她还是没有。

所以，比她更早离家是我唯一可以表示反抗的方式。

我回到学校，在宿舍的床上坐了一小会儿，觉得又饿又冷。空虚的胃让我的情绪坏到了极点。我打了一瓶开水，给自己泡了一包方便面，在方便面的味道里我忽然非常非常想念日本料理。我觉得我应该大吃一顿，哪怕是一个人的晚餐也没关系。

蓝湾大厦十八层的日本料理，三百八十八元一位。不算很正宗，但足以解馋。

我用了很长时间才克制住自己没有去——钱是个大问题。她没说什么时候回来，走的时候甚至没给我多留点生活费，我不能乱花钱。

另一个选择是睡觉，一觉醒来，太阳照常升起，我依然可以骄傲地活着，期待奇迹的发生。

估计是前一天晚上没睡好的缘故，九点多钟我就顺利地进入了梦乡。我梦见自己走丢了，好像是要回家，可是无论如何都找不到家在哪里。我想给我妈打个电话，手机的按键又失灵了，怎么都拨不出正确的号码。这梦不长，但反反复复地做，直到我忽然被砰的关门声给惊醒。

一开始，我以为我还在梦里，但很快发现不是的，的确有人推门而入，喘息声粗重且急促。

我稍撑起身子，看到门边有一个白色的身影靠在那里。我吓出一身冷汗，顺手打开放在枕边的手电筒，朝着那个影子照过去，大叫一声:“谁?”

“别叫，是我。”对方倒是比我冷静许多。

听到那声音，我一颗心扑通回到胸腔，除了维维安，没有哪个女生的嗓音会像这样被塞了半块废铁似的古怪难听。不过为了确认一下，我还是用手电筒去扫她的脸，她下意识地闪躲，并举起两只胳膊来挡。

我这才发现，她居然戴了长而卷的假发，赤脚站在那里，手里拎着一双高跟鞋。虽然外面套着天中的校服，可里面的衣服看上去叮叮挂挂的，宛如一个站街女，与平日里装乖卖巧的她简直判若两人!

外面的雨一定下得很大，因为她全身都湿透了，冷得浑身直哆嗦，样子狼狈至极。

“神经病!”我关掉手电筒，缩进被子里继续睡觉。

估计是心虚，她没有回嘴。我算是明白了，天中女生的名声，就是被她们这种人败坏的。

半夜，我却又被来自下铺的呻吟声惊醒。我不耐烦地翻了一下身，那声音却愈来愈响，且听上去越来越痛苦。说实话，我真有点火了，大声呵斥她:“你有完没完，要不要直接送你去火葬场?”

她没有回应我，只是继续痛苦地哼哼。

看来不抽她是不行了!我利索地翻下床，再次拧开手电来照她，发现她五官痛苦地扭曲着，脸色潮红得可怕。我伸出手轻轻地碰了她额头一下，却烫得立刻缩了回来。

她病了，而且看样子病得不轻。

管，还是不管？我飞快地盘算了一下。管，非我所愿；不管，万一她真的出了啥事，我会不会因为袖手旁观而担责任？

“给我电话，我打给你爸爸。”我在她枕头旁一阵乱摸，但没摸到她的电话。

“不！”她虽然烧得意识模糊，但依然非常坚决地说，“不要！”

就在我犹豫的时候，她忽然伸出冰凉冰凉的鸡爪子似的小手抓住了我，然后我惊讶地发现，她手腕那里缠了绷带，绷带上还隐隐透出来些许的血渍。

“药。”她指着桌子上的一个瓶子说，“再给我两粒。”

她把我当什么，用人？我真想扔下她不管，却发现她放开我，头一歪，很快又处于半昏迷状态了。

我有些怕，推她一把，想看看她有什么反应。就在我再次决定“关我屁事，让她去死”的时候，我听到她似乎喊了一声：“妈。”

我疑心自己听错了，但她又重复地喊了一声：“妈妈。”

我俯下身，看到一大颗眼泪从她的眼角滑落了下来。

我承认，就是在那一刻，我对她动了恻隐之心。

我把她的手放回被窝，倒了一杯开水，依她所言从药瓶里倒出两粒药，把她扶起来，喂她吃了下去。

她一定非常渴，吃完药，一口气把整杯水都喝了个精光。

给她喂药的时候，我摸到她身上的衣服是潮湿的，这才发现，她先前只是换了外衣而已，内衣的领口和袖口都散发着冰冷的潮气。这个娇生惯养的笨女人，是有多么不会照顾自己！

我用凉水弄湿了毛巾，放到她额头上。她已经烧迷糊了，不停地说胡话。一开始那些话还稍稍有些靠谱，比如：“你不要我，我也不稀罕你……考试怕什么，小考小对付，大考大对付。下雨就下雨呗，我也不要打伞……”她说会儿停会儿，话题不断转换。可当她说到“皇阿玛，我要吃大饼，两面煎”的时候，我拿着毛巾的手不由得停在半空中。我认真地想，她会不会因此烧成一个傻子，或者一个废物？

最重要的是，她手上的伤，到底是怎么回事？

其实我并不想知道答案，我只希望她不要再烦我。如果实在不行，我准备去值班室敲门，把她直接扔给那个凶巴巴的女胖子拉倒。不过好在药物慢慢起了作用，她终于安静下来。我也困倦到了极点，爬上床再度睡去。

我再醒来的时候，雨终于停了，但天还是阴的，阳光微弱地照进窗棂，照在维维安苍白瘦削的脸上。她还在沉睡，但一夜过去，她脸上的潮红褪去了，脸显得近乎透明的白。我心里有种很奇怪的感觉，我和她，我们彼此没好感，但是昨晚，她唯一可以依靠的人，竟然是我。

并且，我帮了她。

我这是怎么了？一点都不像我自己。

我去食堂吃完早饭回来，发现她也醒了。她半靠在床上，用虚弱的声音对我说：“谢谢你。”我没有回应她的感谢，只因为我不稀罕。

“昨晚的事，麻烦你不要说出去。”她强调说，“特别是不要告诉我爸爸。”

“昨晚什么事？”我故意问她。

“你开个价吧。”我发现她这句话说得还真是熟练。

我轻笑着说：“那你得先告诉我，昨天晚上你挣了多少？我好码个价。”

她并不理会我的恶毒，而是伸出手在枕头底下掏啊掏的，最后掏出一小沓百元大钞递给我说：“这是我所有的，包括下星期的伙食费都在里面了，全给你。”

我接过钱，当着她的面数了数，不算多也不算少，整整九百块。

如果她做出这一举动是指望着我把这些钱扔回她的脸上，大骂一声“收起你的臭钱来”，那她就是小说看太多了，所以才输得体无完肤。

现实是——我把它们塞进我包里，优雅地转身对她说：“成交。”

“校门口有个‘粥记’，那里的粥很好喝。”维维安舔着干裂的嘴唇对我说道。

“要喝自己去。”我说。

“我也没钱请你。”她回嘴倒是快。

我懒得搭理她，并且我正忙着打扮自己——半袖的蓝白细格纹连衣裙，娃娃领，加厚的棉布，经过砂洗后故意做旧了的颜色，看上去很有怀旧的气息却又不失少女的活泼，配上一件紫色的薄外套，一双低调的白色匡威鞋，应该特别适合初秋微凉的天气。穿着这一身去逛街，回头率应该也不低的吧。

“你昨晚怎么会在这里？”她问。

“别问那么多问题。”我放下手中的裙子，故意看着她的手腕警告她，“不然我要是也问起来，恐怕你就没那么好回答了。”

她拉了拉睡衣的袖口，挑衅地说：“你可以问啊，我爱答就答。”

我靠近她，低声说：“你说你爸要是看见你昨晚那样，会不会连想死的心都有？”

她显然被我击中要害，抿着嘴，好半天才从牙齿缝里挤出一句话来：“拿人钱财，替人消灾，这点起码的规矩你应该懂。”

我哈哈大笑：“要我懂规矩，前提条件是你也得懂事啊。”

她被我噎得无话可说，索性闭上眼睛装睡。

毫无疑问，这一回合，我完胜。

走出天中的校门，阳光忽然有力地穿透云层，照在33路公交车的站牌上，照得我的心情也无比明亮。我很清楚，从这里只需要坐四站路，然后下车，左拐，直行五十米不到，就可以到达蓝湾大厦。

十一点半的时候，我已经准时端坐在蓝湾大厦的十八楼。侍应生弯腰礼貌地问我：“小姐你几位？”

“一位。”我说。

“请问喝点什么？”

“红酒。”

他得令而去。

想着维维安此时也许正一面喝着薄薄的稀粥，一面担忧我会不会不守承诺将她的丑事大白于天下，我不禁莞尔。

不过也难怪，维维安之流的俗女，永远都不可能与我站在同一个高度思考问题。

从小到大，我对与自己无关的事以及各类大小八卦就不感兴趣。对我而言，唯有此时此刻的阳光、美妙的音乐、新鲜刺身、蛋黄龙虾以及有腔有调的红酒才算得上是正经事。

10

周三黄昏，我妈忽然给我打电话，说在学校大门口等我。

她走的这些天，我们一直都没有任何联系。距离让我们重新考量在彼此心中的地位，我不知道她的答案，但我已经深知自己的。

我去的时候，她估计已经在那里站了很久。风很大，吹动了她的长发，她只穿了双平底鞋，手里拎一个旧塑料袋，身后是一棵秋天的树，衬得她异常“文艺”。我常常想，我若是男人，定也为她失魂失魄；但我若是她，定能活得比她有滋有味上百倍。

见到我，她把手里的袋子递给我说:“我从老家带回来的米糕，这可是你小时候最爱吃的。”

“后天不就回家了吗，”我说，“还专门跑这一趟！”

“我怕不新鲜了，会少点味道。对了，我已经热过了，你直接就可以吃。”

“谢谢。”我拎过袋子，低下头。

她伸出手，轻轻地拍了一下我的肩膀：“你还要上晚自习吧，那我就先回去了。”

“妈。”我叫住她。

“怎么？”

“没什么。”我说，“你慢点。”

她微笑，转身离去。我拎着那个袋子回到宿舍。宿舍里只有花枝，正在打电话，娇滴滴的声音与她那张脸反差太大，真是令人反感。我坐下，取出袋子里的饭盒，打开来，看到里面整整齐齐地放着八块白色的米糕，米糕上面，撒着细小的红色和绿色的果脯颗粒。看上去，它应该是甜的，但感觉有些硬，闻上去还有细微的酸味。

我回忆不出，这玩意儿真是我小时候“最爱吃”的？

“什么东西，好像很好吃的样子哎！”我还在研究的时候，花枝已经结束她的电话，凑过来跟我套近乎。她和维维安是劲敌，宿舍里另一个女生早就已经被她的各种糖衣炮弹争取过去了。昨天我亲眼看见维维安的睡裙不小心掉在地上，她俩熟视无睹地走过去，一人踩了一脚，就差再吐上一口口水。这等下作的伎俩，我都不屑于评价。

“喜欢吗？”我把饭盒往前一推说，“喜欢就拿去吃好了。”

“追你的男生送的？”她靠在我的桌子旁，用手直接拿了一块糕，快速地塞进嘴里，满意地一口吞下肚。第一次离她这么近，我发现她还真是胖，脸颊上的肉怕是多一克都没地儿放。

“你真有勇气，”我说，“胖成这样还敢吃。”

“不吃也胖，干吗不吃！”她满不在乎地舔舔手指，然后凑到我耳边，神秘地说，“告诉你一个好消息，高三的超级大帅哥于伟铭，就是长得像冯绍峰的那个，他看上你了，让我帮他约你。”

“好消息？”

“难道不是吗？”她脑残地说，“等着和他约会的人都排到明年了。你要是跟他走到一块儿，估计全校女生羡慕的口水能把天中的操场给淹了。”

“你说清楚，到底是羡慕我，还是羡慕他。”

她又愣了一小下，然后猛推我一把，娇嗔地说：“哎哟喂，真看不出来，原来你口味这么重！”

我没接话，她又说：“就约在明天晚上，你觉得如何？”

“你这么热心，他给你什么好处了？”我问她。

她愣了一下答我：“不能要好处，那是我哥。”

“那我是你什么呀？”我反问。

“同学，舍友，姐们儿！”她一面飞速地换着答案，一面又吞下一块糕。我低头一看，真有她的，短短时间，八块糕已经被她秒杀了一半。

“你错了！”我把饭盒一把盖上说，“你给我记好了，你是你，我是我，咱俩，什么关系也没有！”

听我这么一说，她的一张大饼脸立马僵在那里。过了好几秒钟，她才反应过来被我耍了，当即换了一副嘴脸，抬抬滚圆的下巴，对准维维安的床，邪恶地说道："看来'民间传说'没错哦，你跟她是不是……"

"还好不是和你。"我打断她。

"和我？"她算是被我彻底激怒了，扬声叫嚣起来，"你也不想想你配吗！别以为你整天装清高就没人知道你的底细，外地来的乡下妞！"

我冷冷地看着她说："给你三秒钟，道歉。"

她把我桌上的圆镜子扔到我面前，讥笑说："先照照你自己是什么货色。别说道歉，像你妈那样倒贴我也不要！"

我顺手拿起手边的饭盒，猛地就摔上了她的脸。塑料饭盒的边上正好有一圈硬硬的毛刺，从她脸颊的肥肉上划过，立刻留下了一道深深的血痕。她用手指一摸，沾到了血珠。不知道是不是那血点燃了她身上的兽性，她喉咙里发出可怕的嘶吼声，张开双臂，像一只熊一样恶狠狠地朝我扑了过来。我始料未及，只来得及退后一小步，被她重重地扑倒在维维安的床上。

"你不是想让我压死你吗？"她喘着气说，"小裁缝的女儿，我这就成全你。"

她整个人压住我，双手还掐住我的脖子，令我身子无法动弹。不过天无绝人之路，慌乱中我的左手摸到了维维安放在床头的一本厚厚的书，我拿起它来，用书脊重击她的头部，一下，两下，三下……

她终于败下阵来，号叫着伸出手去护头。我连踢带踹，才从她肥胖的身躯下逃了出来，她则倒在维维安的床上，捂着自己的头惨叫。

我扑到桌前，顺手就抽出了我笔筒里的裁纸刀。死肥婆，居然敢触犯我的底线，她要是再不老实，我就给她来点真的。

晚自习的铃声尖锐地响起，与此同时，维维安拎着一瓶开水推门进来。

“离开我的床。”维维安说。

花枝没理她，继续哼哼。

维维安把水瓶放下，走过去踢她一脚说:“我叫你离开我的床，听到没有！”

花枝这才很费力地、摇摇晃晃地站了起来。只见她拖着肥胖的身躯回到自己的床上，拿起她的手机，打电话给她妈妈，呼天抢地地大喊:“妈，我在学校被同学打了，你快点来！”

有点事就抱老娘的大腿，她怎么不干脆滚回娘胎去吃屎!

我愤怒地把裁纸刀扔回笔筒，背上书包就去了教室。

那天晚自习，花枝一直都没有出现，晚上回到宿舍，也没见着她。维维安一直在忙着换她的床单，我刚戴上耳机听音乐，她忽然踮起脚尖，拿掉我的耳机，在我耳边说道:“你听说过‘碰瓷’这个词吗？”

我摇摇头，不懂她想说什么。

“最好去网上搜索一下，花枝家可是专业干这个的。”她说完，把头缩了回去。

我皱眉，心里生出隐约的不安。

第二天早读课还没上完，班主任在教室门口向我招手。

我们班主任是个老头，五十多岁，姓卓，是天中数一数二的语文老师，也是我见过的烟瘾最大的老师，每次给我们监考，他都要偷偷溜到门外去抽上几口。

“什么事我想你应该知道。”老卓说完，示意我跟在他后面。我随他一路来到办公室，进门就看见里面坐着一个悍妇，没花枝胖，但是块头比花枝大，也绝对比她结实。我当然知道她是谁。

“这是花枝的母亲，”老卓向我介绍说，“她要跟你谈谈。”

那女人坐在那里，只草草地看了我一眼，立刻把头歪向窗外说：“我跟她没什么好说的，我等她家长来。”

“先问清楚情况嘛。”老卓劝她，“问问为什么会打起来。”

“有什么好问的！”她拍着桌子说，“我家花枝现在还躺在医院里，脸上的伤破不破相就先不说了，最重要的是有脑震荡啊！一个晚上头痛、头晕、呕吐，医生说还会有后遗症！她有赔偿能力吗？这笔账，我不跟她家长算跟谁算？”

“我没有伤她，”我说，“她撒谎。”

“撒谎的是你！”那女人暴跳如雷，手指指到我鼻尖，“你的意思是她脑子坏了，自己没事拿刀割脸拿砖头敲头啊？我告诉你，我这里有医生的证明，学校不替我做主，我就告到法院去，是赔钱还是把你关进少管所，随你们挑！”

“我们赔钱。”说话的人，是我妈。我转头，就看见她站在办公室的门口。

“什么砖头，你别胡说八道……”我刚开口解释，她就做手势让我别说话。然后她走进来，一直走到花枝妈妈的身边，赔着笑脸对她说道："真对不起，是我女儿太鲁莽了，我替她跟您道个歉。您要是有空的话，我现在就陪您去医院，孩子的身体最要紧，该赔多少钱，我们都认。"

"就是就是，有事好商量。"老卓赶紧打圆场说，"走吧，我也陪你们去医院看看。看看花枝的情况，咱们双方再坐下来协商也不迟。"

"你这种态度还差不多。"和我妈比起来，那个肥女人就像一棵快烂掉的西蓝花，但她依然趾高气扬地教训我妈，"像你女儿这样的，一定是被宠坏了吧，我看得好好教育教育，免得将来给你捅更大的娄子！别说我没提醒你，到那一天，就算你有再多的钱，恐怕也收不了场哦！"

"知道了。"我妈谦卑地说，"我会管教她的。"

我站在我妈身后，觉得自己就像一颗憋到极致的充气弹，马上就要爆炸了。我叫了她一声，并伸出手从背后拉了她一下。她拂开我的手，语气平和地问老卓："老师，您看阙薇能不能先回教室去上课？"

"可以。"老卓对我挥挥手说，"去吧。"

我站在那里没动，她转过身，不怒而威地对我说道："你还愣着干吗？"

我们的眼神交汇了两秒，仅仅两秒而已，但我先移开了。因为我已经清楚地知道，她并不信任我。她如此委曲求全低声下气，最根本的原因就是，她从来都没有真正地信任过我。

我在她的眼里，永远都是一个没出息贪慕虚荣惹是生非不求上进的败家子。

当办公室的门在我身后自动关上的时候，我已经失去所有解释的欲望。

我们对彼此都非常失望，并且无法彼此救赎。

那个周末，我本没打算回家。并不是心虚，怕她责备，而是打心眼儿里不愿意跟她吵。我只是害怕彼此说出的那些难听的话，会让我们母女在“互相伤害”这条路上一路狂奔，越走越远，再难回头。

坏消息是放学前老卓带给我的。他说:“经诊断，花枝是轻微脑震荡，花枝家索赔五万，不然就去告。你妈妈的意见是尽量私下处理。”

“告我什么？”我不明白。

“告你恶意伤害。你要知道，在天中，发生流血事件，重则开除，轻则处分。只要有一次处分，你将三年评不了三好生、优秀学生、优秀学生干部，同时失去的，还有考大学时保送、推荐、加分等诸多机会。”

“我不稀罕。”我说。

“你妈稀罕。”

“钱给了？”

老卓摇头说:“估计具体价格还要谈一谈。”

我觉得我就快疯了，不就打了一小架吗，她差点把我压死我还没找她算账呢！再说了，如果我们赔了这五万块，就等同于我承认伤了她，我以后在天中一样混不下去！比起我的自尊和清白来，三好生算个屁呀！高考算个屁呀！所以，就算拼死，我也要阻止我妈这种送上门被讹诈的愚蠢行为。

11

又下雨了，每到这个季节，这个城市就是这种没完没了的雨，下得人心里发慌。

下了公交车，经过她的店，店门关着。小木牌上“雀斑”两个字被风雨侵蚀，仅是依稀可见。我在那块招牌前停了一小会儿。无法细数来到这个城市已经有多少日子，我只是非常清楚地知道，自始至终，我都没有爱过这里，没有。

我用钥匙打开家门，思考该跟她说的第一句话。

“我没有做错事，为什么不相信我？”

“我可以转学，甚至退学，不要赔钱。”

“如果你一意孤行，我会用自己的方式来解决这个问题。”

……

可是，她不在家。打她的电话，又是该死的关机。

我在家里转了几圈，烧了一瓶开水，泡了一碗方便面吃下，强迫自己镇定下来。但是我很快发现，我开始有点心慌。并且，这种心慌漫漫淹没了我内心的愤怒，让我无法控制地去想以下问题：她是不是正在跟花家谈判？她会不会被那家人欺负？她会不会已经对我失望透顶?

夜里十一点，我终于听到开门声。我从沙发上站起身，看到她推门进来，雨水淋湿了她的头发、衣服。她神情疲惫，但脾气尚好。换完鞋，她温和地问我:“你吃饭没?”

“方便面。”我说，“你呢?”

“对付了一点。”她说。

我到卫生间，取了浴巾给她。她接过去，揉了半天头发，这才对我说道:“花枝的事解决了，放心吧。”

“你赔钱了?”我心都跳到嗓子眼了。

“没有。”她说，“就给了点医药费，不多。”

我松一口气，原来她并不像我想象中那么软弱和无知。

“对不起。”我真心道歉。

她把毛巾放下，倒了一杯热水捧在手里，这才坐下对我说道:“小薇，我希望你能从这件事中吸取教训。以后要学会控制自己的脾气，不管发生什么事，尽量不要跟别人起冲突，更不要动手。我们这样的普通人家，能进天中已经是幸运，遇上点事，拼经济实力也好，拼后台也好，咱都拼不过人家，你懂吗?”

她忽然像换了一个人，我还真有些摸不着头脑。

“她妈妈那么凶，怎么肯就这样轻易算了?”我还是有点不相信。

“多亏维维安愿意帮忙作证，证明是花枝先动手，你只是自卫。再加上维伯伯还有点势力，卓老师也从中周旋，好说歹说她才肯让步。”

竟是这样。

“小薇，”我妈看着我，停了好几秒，这才艰难地对我说道，“有件事，妈妈想跟你说一下。”

又来了。

虽然还不知道是什么事，但我敢肯定的是，这是一件大事。只有在跟我宣布大事的时候，她才会是这样的表情。

“你说吧。”我已经做好准备。

“我要结婚了。”她说。

“嗯。”我屏住呼吸问，“和谁呢？”

“你维伯伯。”她说。

果不其然。

我没好气地说：“不是因为这个他们才肯帮忙的吧，真是的话，也太夸张了点。”

“怎么会！”她说，“你维伯伯跟我求过很多次婚，我一直没答应。”

“那这次为啥改主意？”我逼问。

“我表哥死了，”她说，“就在我回老家的前一天晚上。因为不想拖累家人，他选择了自杀。他就比我大两岁，我爸妈死得早，我跟着姨妈过，他一直照顾我，有什么好吃的都让给我。还记得你爸爸生病那一年，他卖掉了结婚钻戒给你爸爸治病，活活把他老婆气走了，改嫁了别人。后来他就一直单身，好不容易娶了一个乡下老婆，对他也不好，整天就知道打麻将，孩子也没给他生一个。回来的火车上我慢慢想明白了，人生苦短，好多事说变就变，好多人说走就走，珍惜眼前很重要。更何况妈妈没什么本事，给你一个安全有保障的成长环境，是我必须做的。”

“你的意思，你结婚是因为我？”我有点迷糊了。

“也不全是。”她扶额说，“我累了。”

听她这么一说，我低下头，眼眶里忽然就涌出了泪水。经过这么多年，她终于放弃了她的倔强，但我为什么没那么开心？难道是因为，这姗姗来迟的一天对于我早已经失去了该有的意义？

“打算什么时候？”我问她。

“下周。”她说，“没有婚礼，也就是去民政局登个记，周五晚上请上个一两桌，都是平时生意上的朋友，算是做个见证吧。然后，我们会出去旅行一圈。”

这就是传说中的“闪婚”吧，还真是够快的。

“你打算怎么安排我？”事已至此，我只能直接问她我最关心的问题。

“这套房子会卖掉，咱们住到维伯伯家里去。他家很大，你可以有自己的房间。我想你会很快习惯的，反正大多数时候你也是住校。”

我叫起来：“你的意思是，我以后要住到维维安家里去？！”

“有什么不好吗？”我妈说，“你俩是同学、朋友，正好可以互相帮助，互相照顾。”

“你怎么知道人家愿意跟我互相帮助互相照顾？”我觉得我就快疯了。

“小安没表示反对。”她说。

已经改口叫小安。很好，原来什么都商量好了，只等给我一个通知。

我站起来，在房间里来回走动。我也不知道我要干什么，我把桌上的杯子拿起来，没喝一口水，又放回去。我的脑子在飞速地运转，消化她带给我的这个可笑的事实。是的，事实。我相信她没有跟我开玩笑，她要结婚了，她要卖掉这套房子，她要让我从此寄人篱下，她脑子不是被门挤了便是被马踩过了！

“小薇，你冷静点。”她试图拉我坐下。

“我没法冷静！”我说，“这样，你嫁你的，把这套房子留给我，每个月给我生活费，我自己一个人过。”

“别说气话。”她制止我。

“不是气话，反正这房子迟早也是我的，我只当早一天继承了遗产。”

她一个重重的耳光甩到了我的脸上。

我没有哭，也没有尖叫。我甚至一动不动。我早料到会是这样，这正是我想要的结果。我觉得她打得还不够重，应该再狠一点，拳打脚踢，恶语相向，因为越是这样，我离开她的决心才越是坚定。

夜里十点多钟，我在西落桥边的酒吧街顺利地找到了刘翰文的摩托车。

初中的时候，每天上学放学，西落桥是我的必经之地。这里原来是一个垃圾场，散发着刺鼻的臭味。现如今，桥的两边已经被打造成了著名的“酒吧一条街”，每到夜晚，灯红酒绿，成为这个城市年轻人聚会的最佳场所。

据我所知，刘翰文最大的爱好，就是每晚躲在这里跟人“炸金花”，输了就回家睡觉，赢了就带一帮人去吃吃喝喝，一直玩到天亮才散伙。

没耐心一家一家慢慢找他，我用了最简单的办法，对着他的车猛踹一脚，那辆怪车立刻发出呜呜的警报声，响彻整条小街。刘翰文果然很快现身，见到是我，他显然很兴奋，但依然佯装冷酷，靠在酒吧的门边，向我招手。

我走到他面前。他吸吸鼻子，高兴地说：“就知道是你。”

“为什么？”我奇怪。

“你问问这条街上的人，除了你阙薇小姐，还有谁敢用如此特殊的方式召唤爷？”

“看见你的车，问候你一下。”我说。

他失望地说：“我还以为你想我想到不能呼吸，特意为我飞奔而来。”

“这个想象嘛，”我笑着说，“也勉强可以成立。”

他笑了，从口袋里掏出一支笔，咬开笔帽，摊开掌心说：“换电话了吧，来把号码写给我。”

我把那一串数字写在他手心，他拿出手机，将其储存，然后满意地问我说：“良辰美景，你想干点什么？”

“随便。”

“那你让我‘随便’你吗？”他像色狼一样地眯缝起眼睛问我。

我说：“看你表现。”

他笑得暧昧而得意，伸出手，毫不含糊地搂住我的腰，一把将我揽到他怀里去。雨又开始下，夜色迷离。我仰起头，与他四目相对。今夜我铁了心要放纵自己，谁也无法将我阻拦。一定是我眼神里的某种讯息准确地传达给了刘翰文，他趁势俯身过来，我伸手挡住他，低声说："不是在这里。"

他心领神会，拉我走向他的摩托车。双手环抱住他的腰那一刻，车子已经启动。我们驶过西落桥，转向最繁华的大街，最终在一家 KTV 前面停住。领班恭敬地迎上来，刘翰文拉着我的手，我则低着头，与他一起飞速地穿过乐声嘈杂的大堂。两分钟后，我们已经坐在其中的一间 VIP 室。

"我二姐开的店，"他说，"这间是我的常包间，我要不来，也没人敢用。装修有点土，但是没办法，我二姐说，这地方的消费者就这个品位。"

服务生很快送进来酒、饮料和小吃，把啤酒一一打开，在桌上排成一小排。包间里很热，我脱了外套，自己拿了小瓶的嘉士伯开饮。刘翰文看看我说："想唱什么，我替你点。平时我要是心情不好，一般会跑来这里喝点酒，瞎吼两嗓子，就快活了。"

"那想必你带维维安来过喽？"我说。

"来过！"他毫不避讳地承认，不过又很快撇清关系说，"她是我二姐的小跟班。"

懒得拆穿他，所以我保持沉默。

"你如果有足够的自信，就应该相信我的品位，不会乱来。"屏幕上是一个我不认识的女歌手，在唱一首哀怨得要命的心酸情歌。刘翰文一面说一面不露声色地坐得靠我近了一些，手直接放到我肩上来。我闻到他身上混杂着酒精、雨水以及荷尔蒙的少年气息。我知道他不怀好意，但我真的无所谓。

我真的从未有过一刻，像现在这样觉得，无！所！谓！

让所有该来的都来吧，从今夜起，我要堂而皇之地为自己活。

“亲一下，”他求我说，“就一下。”

“Cheers（干杯）！”我用啤酒瓶碰他的鼻子。

“不！”他推开瓶子说，“先亲！”说完，他的唇已经迅速地碰上了我的。

我没有推开他，反而抱紧了他。这一刻，世界变成了一片汪洋大海，我就是大海中心那个孤独的溺水的孩子，没有人懂得我的恐惧和忧伤。我只是急于抓住点什么，哪怕只是一根稻草，也不至于全军覆没。

得逞后的刘翰文满意地喝下一整瓶酒。也许是觉得气氛不够，他拍拍我的脸颊说：“我给你唱首歌吧，用我的拿手曲目向你表白！”

“……我爱台妹，台妹爱我，对我来说，林志玲算什么。我爱台妹，台妹爱我，对我来说，侯佩岑算什么……”他唱着唱着已经自动改词，“……我爱阙薇，阙薇爱我，对我来说，林志玲算什么。我爱阙薇，阙薇爱我，对我来说，侯佩岑算什么……”

他一面忘情地唱着，一面在我面前竭尽所能地扭动着大猩猩一样的身子。当他唱到“哟哟把手放在空中甩，我叫你什么都不用管，让我看你把手放在空中甩……”时，我笑到眼泪都快流出来了。他用力把我扯起来，让我跟他一起疯。在疯狂的摇摆中我已经忘记了我是谁，我听到自己的笑声，尖锐又刺耳。我们的身子贴得很近，我的胳膊吊在他的脖子上，他的口水喷溅上我的脸，空气里让人疯狂的因子在音乐里急速弥漫，占领了我们的大脑和神经。最终，刘翰文扔掉话筒，直接把我压到了沙发上。

“I need you，baby(我需要你，宝贝儿)！”他用沙哑的声音说。

我看到天花板上那乡土味的装修和近在眼前的这张乏味的脸，忽然想，我这是在哪里？

音乐停了，突然的寂静拯救了我最后的理智。

“不。”我说，声音变得吓了自己一跳。

“为什么？”他喘着气问。

“你都还没有追求过我。”我若无其事地推开他，起身笑着说，“想想看，你都没为我送过花，没给我写过情书，没在约会时为我等过失恋时为我哭过，我就这样成了你女朋友，岂不是太便宜你了。”

他不甘心地说：“那都是小屁孩才干的事。”

“你不愿意，就说明你不够爱我。”我急中生智，把话题上升了一个高度。

他果然中计，坐到一边，扯扯自己的衣服，手握一瓶酒，清清嗓子对我宣布说：“姑娘，你让我发现一个崭新的我，一个坐怀不乱、道德高尚、极富正义感、脑壳有病的新我。好吧，你给我等着，从明天起，我就开始正式追求你，我追不死你，也要求死你！”

我微笑，与他碰杯。

“喝多少？”他问。

“这个不给力，换香槟。”我说。

“So good（太好了）！”他拥抱我。

瞧，这世界已经坏成这个样子，丢失初吻的亲爱的姑娘，今夜，就让咱们不醉不归。

12

清晨挣扎着醒来，头痛欲裂。

昨夜到底喝了多少酒，我已经不记得了。我揉揉眼睛，不敢相信沙发上那些高高低低的酒瓶真的全都是我俩的杰作。

刘翰文像一只四肢伸展的乌龟一样占据了沙发的那一头，因为沙发不够宽，所以他有一只脚和一半的身子垂在地上。保持着这般高难度的姿势，真难为他还能睡得如此之香。我走过去踢他一脚说：“我要先回去了。”

他含糊地唔了一声。

“给我钱打车。”我说。

他伸出一只手，在裤袋里掏出钱包，直接扔到地上。我捡起来，看到里面有一沓百元大钞，我顺手抽了一沓，也没数，塞到口袋里就走出了KTV。

秋天早上的凉风，刮在脸上还蛮冷的。我把卫衣的帽子拉起来，刚走两步就听到身后有人叫我:“阙薇。”

是我妈。

我转头看到她，她穿得很厚，眼睛周围的黑眼圈显得特别的重。不过我刚刚走出来的时候肯定没见着她，不知道她是躲在哪里，更不知道她在这里已经站了多久。

只是，我心里头刚刚涌起的内疚很快就被她酸溜溜的言语所打破。她说:“原来你真的在这里。”

什么叫“原来”?

我没理她，继续往前走去。

她跟上来拉住我，语气严厉而低沉地说:“跟我回家，我要和你好好谈一谈。”

“谈什么?”我问她,“你的婚纱，你的婚戒，你的继女，你的新老公，还是你想和他去环游的世界?可是，这些跟我有什么关系!”

她不理会我的粗鲁和无礼，只是死死地拽住我不放。此时、此地、此场景，在所有的外人看来，她都是那一个盼着“问题少女”回归正途的慈母。只有我自己知道，不是这样的，不是。因为从她的眼底，我看到的不是爱，只是容忍，我最讨厌和最不能忍受的那种容忍。

既然都已经忍够，又何必苦苦强求?

我甩开她，飞奔到路边打了一辆车。车门很快关上，在她追上来的时候，我只来得及对她轻吐出一句话:“祝你新婚愉快!”

她跟着跑了两小步以后，僵立在路边。我透过慢慢摇上的车窗看着她前所未有的潦倒状，心里头涌起的竟是一种莫名其妙的快感。

我早就该这样做了，不是吗？

“去哪里？”司机问我。

“不知道。”我说。

他一个急刹车：“开什么玩笑，不知道你上车干啥，下去下去！”

我从口袋里掏出两百块钱递给他说：“大清早的，脾气别那么大，表跳到两百块的时候再叫醒我。”

说完，我拉紧外套，靠上椅背，闭上了眼睛。

车子很快就重新启动了，我唇边浮起一丝微笑。不得不承认，有时候金钱确实是最好的东西，它不会背叛你，永远诚实地为你服务，给你限时的安稳、定额的幸福。

我爱它。

我在车上做了一个冗长的梦，男主角是刘翰文。他带着我在一条迷宫似的长巷里奔跑，周围是很大的浓雾，跑着跑着，他忽然松开我的手消失不见，只留下我一人。只是顷刻间，浓雾散尽，而我仅穿着内衣，可耻地站在大街中央。

耳边喇叭响，我惊醒过来，额头上全是汗珠。往窗外看去，猛然发现出租车就停在我家不远处，司机却不见踪影。

难道是我妈找到我了？

我正在思量，司机拉开门坐进驾驶室，嘻嘻笑着对我说：“你醒了？不好意思，刚刚我看热闹去了。前面一家服装店，一夜之间被人搬了个精光，连个衣架都没留下，听说招牌也被人家摘了，真是邪门，不知得罪了何方神圣。”

我大惊：“哪家？”

“就那家叫什么‘雀斑’的……”

他话没说完，我已经拉开车门，一路狂奔到我家店门口，只见那里还围着三三两两的人在议论纷纷。店门大开，里面果然空无一物，更不见她的踪影。

我连忙拉住周围一个眼熟的问：“我妈呢？”

“不知道。”那人说，“刚刚还在。”

我转身飞奔回家，爬上楼，还没打开房门，就听见她在里面和维维安爸爸说话。她说：“我都说过了，不用报警。衣服没了就没了，也不值几个钱。”

“爱玲。”维维安爸爸说，“你是不是有什么事瞒着我？”

我妈只是沉默。

“我们都快是一家人了，你有什么烦恼不能让我替你分担？也不是我夸海口，在这个小地方，还没有我维大同搞不定的事。谁要是敢欺负到你头上来，我一定让他吃不了兜着走！”

“你让我安静一下，好不好？”我妈求他。

“好吧。”维维安爸爸无可奈何地叹息说，“我约了人，要迟到了。你休息一下，我下午再来。”

他走出门，正好看见我。但是他没说什么，只是点了一下头，就拿着他的包急匆匆地下楼了。

我推门进去，看到我妈坐在饭桌旁发愣。见到我，她故作镇静地说:“你回来了?”

“是谁干的，为什么不报警?”

“我不想惹麻烦。”她说。

“是不是花枝家?”

“应该不会，那事解决掉了。”

“难道是维大同的另一个情人?”我开始发挥我的想象力。

“没有的事!”她烦躁地说，“也许就是有谁喜欢那些衣服，拿去就拿去好了，不追究了。”

“别骗我了，喜欢衣服就拿衣服，为什么电脑、饮水机、衣架，甚至连半根拖把都没给你留下!”我走到她面前，看着她的眼睛问:“你跟我说实话，你是不是欠人钱，人家才抢你的货抵债?”

她呵斥我说:“好了，停止瞎猜!兴许是房东吧，她一直要求加房租，我没肯。”

呵呵，她就当我是傻子。

“先不想了，”她说，“我昨天一夜没睡，脑子乱极了，现在我必须得睡一会儿。中午你自己弄点吃的，有什么事等我睡醒了再说。”

说完，她推开门进了自己的房间，没再出来。

中午时分，维维安来了。她手里拎着两个很大的保温桶，用公事公办的口吻说道:“我爸让我给你们送点吃的过来，左边这个是饭菜，右边这个是鸡汤。他本人在见客户，走不开。”

一看她那表情，我就知道她是黄鼠狼给鸡拜年，没安好心。所以，别说“谢谢”了，我连个表情都懒得给她。她倒是不介意，见我不接，就自顾自地走进来，把保温桶往桌上一放，问我："阿姨呢？"

阿姨？叫得还挺亲热的。她也真是够能装的。

"我以为你早改口叫她妈了。"我讥讽地说。

"我倒是想啊。"她说，"不过不是下周五才结婚吗？没到尘埃落定那一天，我也不好乱开口，你说那多没礼貌啊。"

话中有话吧。我才没我妈那么天真，相信什么"小安也没表示反对"之类的屁话。她要是愿意被我妈分走她爸一半家产，愿意让我从此盘踞她家一个房间，愿意低眉顺眼跟我在一个屋檐下吃喝拉撒，我就把头砍下来给我妈当球踢。

她望着我妈紧闭的房门说："鸡汤是我爸特意让饭店现熬的。阿姨是在睡觉吗？叫她起来吃点吧，不然该冷了。"

不知道为什么，她过度的关心让我陡生疑问，我凭着某种奇怪的直觉走近她，低声问道："是你干的吗？"

"你说什么？"她天真无辜的样子让我更坚定了心里的猜想，索性不再与她绕弯子："你找人搬光了我妈的铺子，就是为了给她点颜色看看，达到阻止她跟你爸结婚的目的，是不是？"

"怎么，你很想让他们结婚吗？"她问我。

"我就算不想，也不会用你这么卑劣的手段。"

本以为我这么一说，她会恼羞成怒地跳起来，谁知道她一点也不生气，反而不急不慢地回答我："承蒙抬举。你电影看多了是吧，我要真有那本事，还读什么书，不如直接搬走一家金店，躺在家里吃吃喝喝也足够了，那该有多爽。"

"坏人终将被惩治。"我说,"不着急。"

"可是,"她反过来质问我,"你不觉得你妈不肯报警这件事很奇怪吗?我还真想知道,她要保护的人到底是谁,难不成是家贼?"

这一回我没打算饶她,这个口没遮拦的,简直欠教训。我一个转身,快速地伸出手,直接掐住了她的脖子。她的脖子又细又长,握在手里手感挺好。她这人不知道是吃什么长大的,身上真是一点力气都没有,挣扎也毫无力度,只会徒劳地伸出两只手在空中乱打,像一只被打了毒针的小鸡。只怕我再使上点劲,她真的会随时没命。

"警告你,别惹我,否则我哪天真的一把把你掐死了,也没人知道是我干的。"说完这句,我松开了手。她用力推我一下,然后蹲在地上,拼命咳嗽。咳了好一会儿,她慢慢地站起身来,揉着脖子哑着嗓子语重心长地教育我:"花枝她妈说得没错,你果然是有暴力倾向。早知道你改不了,我就不应该帮你,给你吃点教训。再说了,你对外人那样凶就算了,再过几天,我可就是你妹妹了,你说你一个做姐姐的,对妹妹这个态度可怎么好?"

"滚。"我指着大门口。

她白了我一眼,终于慢慢地退到门边,拉开门走了出去。我不解恨,飞快地拎起她带来的那两个保温桶,啪的一下扔到她的身后。谁知道她安的是什么心,里面的汤有没有毒都说不准。

她这回身手倒是快,转个身一下用脚挡住两个骨碌碌滚的保温桶,并淡定地把它们拾起来,对着我微笑了一下,礼貌地一弯腰:“姐姐，再见。”

我见过犯贱的，真没见过这么犯贱的。本来应该伸出拳头，对着她的小尖鼻子狠狠揍上一拳，揍得她脸蛋开花才是，但是，小不忍则乱大谋，我明白自己刚才已经失态，不能再上她圈套。于是乎，我也迅速地在脸上堆出一个笑来回敬她，并从牙齿缝里温柔地挤出四个字:“慢走，不送。”

哼，跟我玩，她还嫩了点。

13

我从来都不觉得，我是一个好人。但与此同时，我当然也不觉得自己是一个坏人。再说了，好人与坏人又有什么明显的分界线呢，在那些光鲜的外表后面，未必就没藏着一个肮脏的灵魂。懂得在辨识别人的同时伪装自己，才是一个真正的聪明人吧。

我庆幸自己还算是一个聪明人，所以才有赢到最后的自信。

兴许是昨晚的酒精还在我体内起着作用，我觉得身子轻飘飘的，人不太舒服，于是跑到卫生间洗了个澡。等我洗完出来，我妈已经醒了，她对我说:“你维伯伯马上过来接我，我们要去趟省城。你要是一个人在家里无聊，可以先去学校，到图书馆看看书也好。”

“我跟你一起去吧。”我故意说。

“我周一才能回来，你不是要上课吗？”

“去干吗？”我问她。

“买点东西啊。”她说，“你维伯伯坚持要换新的家具家电什么的，我陪他去挑挑。”

呵呵，看来这次她是来真格的了。什么时候开始，结婚对她来说也是这么轻易就能决定的事了？事已至此，我也就真的没什么好讲的了。

临走，她留下几百块钱，附赠的照例还是那一句：“不要乱花。”她出门没多久，我从包里掏出电话来，发现刘翰文已经给我打了不止十个电话。因为电话调到静音，所以我没听见。同时还有他一条短信：“限你半小时内回电，不然出了人命你负责。”

我看看时间，离他最后一次打电话已经超过一小时。其实我很累，但累的同时也很空虚。我在心里来回掂量了一下，最终把电话拨了回去。

“此人已死，有事烧纸。”他明明很高兴，却还是在电话那头怪声怪气地捉弄我。

我懒懒地说：“注意了，诈尸犯法。”

他哈哈大笑：“今天是我二姐生日，她心情好，又把车子借我开，五点半我来接你去帝豪参加她的生日派对。”

“不去，讨厌人多。”

“喂，维维安也去的。”刘翰文说，“你总得给我个机会证明我跟她之间是清白的吧。”

我脑子一转，问他：“那你会不会当她面对我好？”

“那必须的。”刘翰文说，“奴颜媚骨，竭尽所能。”

“五点半。”我笑着说，“你那车太显眼了，别停在小区门口，就在路口超市前面那个停车场等我，我自己走过去。”

“没问题。”他说。

帝豪酒店是我们这里唯一的一家五星级酒店，以前都是从外面经过，我还从来没有进去过。挂了电话，我首先考虑的是，我今晚得穿什么衣服。忽然就想起去年我妈曾经照着一本日本的时装杂志做过的一件裸色小礼服，维多利亚式的小束领，公主袖，裙子上衣部分布满了甜美的蕾丝钩花，腰间有手工缝贴的亮片，低调的裙摆令其张扬的气质收敛得恰到好处。那应该是她最成功和得意的作品吧，成功到她一直舍不得卖而私存起来，笑说要留给我结婚的时候穿。

对，今晚就是它了。

我走进她的房间，这是我们曾共同住过三年的房间，家具很少，只有一张床、一个衣柜、一个梳妆台和两个床头柜。我没有乱翻别人东西的习惯，她也没有。从这一点来讲，我们一直很懂得彼此尊重。我的衣服搬走后，衣柜里的衣服就很少了，两床冬天的棉被占了很大的地方。在柜子的最底层，我很容易地找到了那条裙子，拿起裙子的时候，发现了一个布袋子。我好奇地蹲下身子，打开布袋，从里面掏出来一本相册。那是一本用布缝的相册，不用讲，肯定是她手工做的。我还敢肯定的是，全世界再也找不到第二件一模一样的东西。相册封面也是布的，上面绣着两个小小的字，跟她店的名字一样，叫“雀斑”。

相册里所有的照片，都是她和池振宸那一次在海南拍摄的，这恐怕是她一生中拍照最多的一次了吧。我认真地、一张一张地翻过去，才发现那时的她真的很美，眼角眉间的幸福，这些年在她脸上再也没见到过。这本特别的相册，差不多有五十页吧，仔细看，才发现每一页都绣上了不同的小花，还有三个小小的字母：CZC。

我合上相册，心里像滚过一阵高压电，无法承受这重击。

果然不出我所料，她逃跑也好，她闪婚也好，可是她压根就没有忘记过他。那些小小的字母，每绣一针，心里都会有刺痛滚过的吧。我把相册放回原处，感觉我的心尖也像被一根细细的针给挑破了，流了点血。真不敢想象，深夜的她，是如何将今生再不能相遇的痛楚和遗憾，一针一线地织进这些永远不能磨灭的记忆影像里。

既然心有所属，为何又要嫁一个不爱的人？

到底什么是爱情？到底有没有爱情？

不管这个世上有没有爱情，我都宁愿自己一辈子也不要靠近这个叫作“爱情”的鬼玩意儿，因为它对于我而言，真是太不实用了。

看到刘翰文的时候，我们互相吃了一惊。他居然穿了西服，头上打了发蜡，看上去人模狗样。他弯腰，替我拉开车门。我刚坐进去，他就递过来一瓶香水说：“我记得你昨天抱怨我没追过你。这是我刚去买的，香奈儿的可可小姐，觉得很配你，特别是今天这一身。”

我没拒绝，而是欣喜地接过，当着他的面，手腕、耳后均洒上一两滴，仰起头问他："好不好看？"

他说："你难道不是应该问香不香吗？"

"我问你我好不好看。"

"阙小姐，"他盯着我说，"你明显在引诱我犯罪。"

"不能给你丢脸嘛，"我遗憾地说，"只可惜没时间去买双更合适的鞋。"

看了一眼我脚上的旧皮鞋，他爽快地说："哥带你买去！"

车子经过商场，他果然停下车，掏出钱包，递给我一张信用卡说："这里不能停车，我就不能陪你进去了，万一车被蹭了，我二姐能跟我拼命。喏，这是卡，你看到喜欢的鞋，随便买。没有密码，也没有限额，但有时间限制，二十分钟，不然我们要迟到了。"

我拿着卡进了商场，直接坐进一个专柜，对售货小姐说："配我这条裙子的，都拿上来给我试一下，谢谢。"

她前后拿来五双，最后我选的是最贵的那一双，银色的，水晶跟，不算高，四周镶了细钻，灰姑娘的感觉很浓烈。

打完折才三千块不到，真是便宜他了。

和刘翰文到达酒店的时候，正好六点。他将车交给门童代泊，牵着我的手步入酒店大堂。大堂里有种若有若无的香味，沁人心脾。我们进入电梯，直升三楼的宴会厅。电梯打开来，立刻有礼仪小姐笑脸上来迎接："欢迎光临刘小姐的生日会。麻烦到宴会厅门口签字，拿号可以抽奖。今晚是自助餐，请随意享用。现场有演出，希望你们喜欢。"

刘翰文带我走进大厅，介绍我跟他二姐认识。他姐姐不算特别漂亮，圆脸，微胖，但气质亲切，人也爽快。她上下打量我一下问我："衣服真漂亮，哪里买的？什么牌子？"

"不是什么品牌，我妈上次去日本，她一个设计师朋友给我做的。姐姐要是喜欢，下次让她也给你定做一件。"

"会不会聊天啊，谁让你一上来就夸衣服，重点是夸人。"刘翰文骂。

他二姐大笑说："好吧，小五我承认，这是你最有眼光的一次，以前那些全加起来再平方两次，分数也没这个高哦。"

"胡说。"刘翰文不领情，"就你这种没文化的，才会把钻石和胡萝卜放一起类比。"

"怎么，你是兔子吗？"我问刘翰文。

他二姐高兴地说："看出来了，这姑娘不仅会讲冷笑话，还能治你。"

"可不，"刘翰文搂住我，"一边讲就一边把我给治了。"

"喂，对了，告诉你一件事。"他姐伸出两根指头，毫不避讳地当着我的面扮花痴，"今天，我二十二岁。在电梯里遇到一个男人两次，而且，他就住在这里的二十二层！在这人生最二的一天，你说上帝是不是看我可爱，非要从天上掉个帅哥下来活活砸死我？"

"那你赶紧表白啊。"刘翰文说，"住店客人，可是说走就走。"

"还要你提醒？"他二姐得意地说，"我早就让人到他房间去，塞了小字条，邀请他来参加我的生日会，想想都好期待啊！"

“那没戏了。”刘翰文说，“你要输就输在过于自信，关键时刻塞什么字条，应该塞金砖，直接拍晕他。”

“我们赌多少？”他二姐问。

“今天不赌。”刘翰文说，“告诉我房间号，我找人绑了他来，当作生日礼物送你不就完了？”

“切，你不懂浪漫！你伤害了我的骄傲。”他二姐啐了他一口，飘走了。

刘翰文指着她的背影对我说：“看看看，女人一老就不值钱了，追帅哥倒贴都没人要，还容易变态。你可别学她，要懂得珍惜眼前人哇！”

“多谢赐教。”我皮笑肉不笑地说。

没过多久，主持人就宣布生日宴会正式开始了。刘翰文的二姐上台致了欢迎辞，台上有人在弹奏钢琴，穿白色长裙的姑娘，长发，背影婀娜，气质正是我喜欢的那种。LED的大屏幕上，滚动的是他二姐的各种照片，从童年一直到少年，再到青年，各种游玩，各类朋友，真是“活色生香”。

我心生羡慕，只因自己从没有过如此豪华的生日。

“你什么星座？”刘翰文问我。

“金牛。”我说。

仿佛看穿我的心思，他忽然说：“明年此时，我给你搞个更隆重的派对，如何？”

“明年？”我淡淡地说，“也许到那时候我就出国了。我在美国的叔叔一直希望我能去那边念高中，就是我妈舍不得我。”混杂着人声和音乐声，我的大脑也开始不受控制地说着连我自己都信以为真的灰姑娘童话。

“那也没事啊。”刘翰文丝毫不怯地说，“咱就去美国搞。”

谎言无效，我一时竟不知道该如何回应，目光只好尴尬地飘向舞台。琴声已停，刘翰文的二姐正与台上弹琴的女生亲密拥抱，女生的脸这回正对着我，巧笑嫣然，我这才看清楚，她竟是维维安！

主持人说：“谢谢，谢谢美丽的小安用她美妙的琴声为刘波小姐的生日宴会增光添彩。接下来，她将再为大家演奏一曲今天的寿星最喜欢的曲子——《情书》主题曲《A Winter Story（一个冬天的故事）》。”

掌声响起来，音乐从维维安的指尖倾泻而出，屏幕上是藤井树仰望天空的侧脸。记得初中的时候，有个男生非说我长得像藤井树，缠着要我看这部电影并送我DVD。看完电影后我最大的感触并不是情节，而是我从此得出了一个结论——每个男生的眼睛都有问题。如果他喜欢你，你就和世上所有的美女相像；如果他不喜欢你，你哪怕长得像世上所有的美女，他也不会有感觉。

刘翰文拍拍我的手说：“我陪你去拿点吃的。”

“我得先去下洗手间。”我说。

我站起身来，独自走出人声鼎沸的宴会厅。我问侍应生洗手间在哪里，他指给我方向，我匆匆地走了几步忽然发现，其实我根本就不是想去洗手间，只是想逃离那个地方罢了。高跟鞋弄痛了我的脚后跟，这盛大的生日派对刺伤了我潜藏至今的自卑，让我无处可躲。我不得不承认，人与人之间生来是不平等的，有人天生是公主，有人想做灰姑娘都是奢望。

我恨不得能有个角落把小丑一样的自己藏起来。这都什么时代了，除了我这个超级大白痴，还有谁会相信灰姑娘的童话?

是的，没有生日蛋糕，没有派对，没有钢琴，没有白色的纱裙，没有名牌，没有掌声，没有王子。从来没有过。

阙薇，天色已晚，洗洗睡吧。

14

我在洗手间足足待了有二十分钟。

那个洗手间很宽敞，马桶很舒服。我一直都希望能拥有这样一个马桶，但我妈说，像我们那种老式的房子，水压跟不上，再好的马桶也没有用。我坐在马桶上想了很久，终于想明白了是什么给了我挫败感——是那些轻薄的脱口而出的谎言，什么日本的设计师、美国的叔叔……我从未如此不自信，又从未觉得自己的贫穷是如此赤裸裸，这简直让我看不起自己。

还好，我还有保持个性的最后一招——默默离开。

想明白后，我从洗手间里走出来。我知道穿过走道左拐是电梯，那里正对着宴会大厅，搞不好刘翰文就等在那里。不过我惊喜地发现，就在我的右前方有一扇门，那里应该是楼梯，我如果从那里下去，应该神不知鬼不觉。就在我快走到那扇门的时候，对面匆匆忙忙走过来一个穿格子衬衫的男生，他一边走一边在看手机，走得又很快，应该是没留神，竟然狠狠地撞到了我。

“对不起，对不起。”他连声说道。

我们四目相对。我忽然觉得他很眼熟，但不记得是在哪里见过。他个子很高，正用左手举着手机，问我：“有没有撞到你？”

他的脸离我很近，关切地看了我一眼，只那一眼，我整个人就像被电击中了，浑身发颤。

是他吗？

不可能。绝不可能！

他一定是被我的表情吓到了，所以，只是对着我抱歉地微笑了一下，然后就走到我前面，直接走进了男厕所。

我靠在墙边，好不容易才按住自己的心跳，逼自己平静下来——他此时此刻出现在三楼，肯定是来参加这个生日宴会的。如果真的是他，他为什么会出现在这里，又怎么会认不出我？如果不是他，这个世界上怎么可能有两个人长得如此之像？

池轩。我在心里轻轻地叫了一声，像是有一面蒙尘的镜子，忽然被回忆的抹布擦得透亮，照得我整个人都热血沸腾了。

我忽然改变了主意，决定不走了，留下来搞清楚状况。

两分钟后，我重新进了大厅。刘翰文早已经体贴地给我弄了一大盘吃的，埋怨我说：“怎么这么久，你要再不出现，我就要请保安去搜女厕所了。”

“可能是受凉了，肚子有点不舒服。”我佯装应他，但眼睛一直都盯着大门口。

“那生的别吃了。”他叫住经过的一个服务生说，“把这些统统拿走，去给这位小姐拿块西冷牛排来，记得要全熟。”

“谢谢。”我说。

“你怎么心不在焉？”他盯着我说，“发生什么事了吗？”

“没有。”我说，“就是刚刚接了我妈一个电话，她不高兴我现在还在外面。”

“那关机呗。”他笑着把牛排一口塞进嘴里说，“今晚才刚刚开始呢。”

没过多一会儿，果然看到那身影的出现。格子衬衫，只是手里多了一束鲜花。我看到刘二小姐飞奔过去，开心地挽住他，小跟屁虫维维安接过了他手里的花。

“那是谁？”我装作不经意地问刘翰文。

“没见过，新相好吧。”刘翰文说，“搞不好就是那个二十二楼的房客。”

“二姐可真是心想事成啊。”我说。

“不过逢场作戏。”刘翰文不放过任何一个表白的机会，“可是我们不同，我对你绝对是认真的。”

“你喜欢我什么？”我扭头问他。

“有劲。”他用刀敲了一下盘子边说，“女人有时候跟牛排也差不多，要嚼着有劲的，才会有味道。”

台上换了个魔术师在表演，白纸最后全部变成了红包，撒到台下任人争抢。

我问：“里面真有钱？”

刘翰文说:“可不，二十二岁嘛，听说每个里面装二百二十元。”

“真奢华。”我说。

“这算啥，上次我一个哥们儿过生日抽奖，大奖是真的钻石，值好几十万，最后还请保安把中奖者护送回家。”

原来这就是传说中的富二代。

我们正说着，刘波已经带着那个男的走到我们面前。她悄悄地朝刘翰文一眨眼，然后介绍说:“小五，这是我的新朋友，Joyce。他喜欢打台球，我告诉他你是高手，所以他很想认识认识你。一会儿这边结束，你陪他打几局去?”

“没问题，很荣幸。”刘翰文起身与他握手。

我看着那张微笑的侧脸，觉得自己已经完全不能呼吸。

“那过会儿再聊。”他礼貌地放开刘翰文的手，然后看了我一眼，说:“啊，是你。”

“你们认识?”刘翰文很奇怪。

“刚才在过道，不小心撞上这位小姐。”他说，“真是鲁莽，再次道歉。”

“没关系。”我弱弱地说。

“Joyce，Joyce！”等他们走后，刘翰文坐下来摇头晃脑地叫着他的名字，“你记住我说的，有英文名字的，都不是什么好东西。不过话又说回来了，像我二姐这种脑残型的，只要对方脑门上写着‘男人’两个字，她估计都控制不住。”

“你二姐怎么叫你小五?”我问。

“我在娘胎里的时候就叫小五。”刘翰文说，“其实我在家排行老三，不过我爸迷信，算命的说他生第五个孩子才能发财，所以就直接叫我小五了。我爸娶了四个老婆，别人都觉得他花心，其实吧，他这一生就爱过一个女人。这一点我跟他很像，我要是看准了谁，一定对她变着法儿地好，不会轻易变心的。”这个刘翰文，简直是把甜言蜜语当狗皮膏药，逮哪儿贴哪儿。

“这话你到底跟多少人说过呢？”我笑着问他。

“不相信人！”他指着我说，“回头收拾你。”

他错了，其实我信。我为什么不信，甜言蜜语不就是这样的吗？哪怕期限只有这短短的一秒，只要懂得享受就好了，管他真假作甚。你认真了，反而就输了。

晚宴快结束的时候，刘翰文低声求我说：“今晚就别回去了，这边正好有开好的房间，咱们好好开心一下。”

“我妈会杀了我的。”我说。

“我保证不乱来还不行吗？”他朝我举起双手发誓。

“你不是还要陪人去打什么台球吗？”我说。

“就在八楼健身中心，陪他耍两局，咱们就走。”

我本该拒绝他，然后直接回家，但是我实在抗拒不了能再见一次那个什么 Joyce 的诱惑，所以也就半推半就地答应了。

我们俩刚走出宴会厅的大门，就见维维安拎着大包小包从后面杀了过来。她气喘吁吁地拦在我们前面说：“喂，二姐的生日礼物，她忙着泡帅哥，没空，让我替她放后备厢，你给我钥匙。”

“这么多东西，你就陪她去吧。”我说，“我到楼上去等你。”

“我女朋友可真体贴。”刘翰文在维维安的白眼里露骨地表扬完我，和她一起去了地下车库。

我进了另一部电梯，按下了“8”这个键。电梯越往上走，我觉得我的心跳就越加速。进入健身中心，我只看到他一人，在台球桌旁打得正酣。

“二姐呢？”我强压狂乱的心跳走过去，故作轻松地问。

“去洗手间了。”他说。

“你一个人？”我又问了句废话。

“可不，”他一面打球一面问我，“我的对手呢，他去哪里了？我迫不及待地等着跟他好好较量较量呢。”

“就来。”我试探着说，“我叫阙薇，认识你很高兴。”

“会打台球吗？”他转过身问我，对我的名字一点儿也不感兴趣。

我失望地摇摇头。看来，我的记忆真的欺骗了我。

“我教你。”他忽然把手里的杆子递给我，并把我拖到桌子旁，教我如何执杆。他站在我的身后，我们贴得很近。

他几乎就在我耳朵边上轻声说道：“首先你得学会瞄准，瞄准是台球运动中最为基础的两项基本功之一，几乎在每次击球中都需要用到。所以说，消灭敌人的第一步，就是先瞄准敌人。”他说完，手一动，我还没反应过来，球已经应声入袋。

我回头看他，那棱角分明的侧脸和坚毅的嘴角，简直与那人如出一辙。我竟看得有些呆了。

“你的玉坠还真是特别，祖传的吗？”他打破沉默，眼睛盯着我胸前的玉坠。

我一惊，下意识地捂住胸口，并且飞快地退出来，站到他的身后去。

“怎么了？”我的忽然失控吓到了他。

此时此刻，眼前的Joyce与我记忆中的那个人几乎就要重合。

可等我回过神来，却发现他们又有些不一样。那个人是狡黠的，他对我了如指掌，可是Joyce，他的眼里写满了陌生与茫然。种种迹象都表明一点：他真的不认识我。

我们面对面站着，忽然有些尴尬。健身房里的LED显示屏上正在放城市宣传片，片头是一群老年人打太极。我看着屏幕，故意说：“听说太极真能强身健体。”

“是吗？”他不以为意地耸了耸肩，拿着球杆走回球桌前，很明显对这个话题一点也不感兴趣。“你要不要自己试试？”他问我。

“还是不要了。”我摇摇头说，“我很笨的。”

“听说你男朋友是这方面的高手，他没教过你吗？”

“我没有男朋友。”

兴许是因为失望，我的语气不太好。说完这话转头就看见了刘波，她刚从洗手间那边走过来，估计是听到了我们的对话，更明显的是，她对我和他目前的距离不太满意。

“姐姐，我得先走了。”我说，“一会儿刘翰文上来，你帮我告诉他一声。”

在确认他跟那个人没有半毛钱关系后，我觉得在这里多待一秒都是浪费时间。我需要找一个安静的地方，好好消化消化我内心的失落。

可是，Joyce 居然上前一步拉住我说："别那么扫兴嘛。"

"就让她走吧，小朋友回家太晚也不太好。要不要我找司机送你？"说话的人是刘波。瞧她一脸的"黑线"，我觉得我要是再不知趣，估计会被她当作球，用台球杆当机立断地捅到海角天边去。

"不用，我自己走就好。"我轻轻地挣脱了 Joyce 往前走去。我感觉到他的手在我胳膊上迟疑了一下才放开，但是我没有回头。

可是，我没走出几步远，就被迎面走过来的刘翰文和维维安堵住了。不知道为什么，我觉得刘翰文看我的表情怪怪的。

维维安说："阙薇，你过来一下。"

"有什么事就在这里说，我马上要走了。"我又没做什么见不得人的事，才不怕她。

"我找我爸。"她急急地说，"他电话关机，我要知道他在哪里。"

"麻烦找警察叔叔。"我不为所动。

"你把你妈的电话号码给我，"她朝我伸出手说，"我要打你妈电话。"

"凭什么？"我问她。

"凭你妈骗走了我爸！"她忽然拔高声音喊了出来。我一转头看她，哟嗬，真够夸张的，看上去像是要哭了。

"好了。"刘翰文拦住她说，"今天是二姐生日，你别闹行不行？"

"我没闹，我就是要找我爸！"她朝着刘翰文大吼大叫，"你知不知道我爸从来都不会让我找不到他，不管他走到哪里，他手机总是有两块电池。现在我找不着他！手机不通，不回电话！这种情况从来都没有过，我担心他会出事啊！现在我唯一知道的就是她妈骗走了我爸，我不找她我找谁！”

“阙薇，”刘翰文为了息事宁人，居然反过来求我说，“你给我个面子，就给你妈打个电话，搞清楚在哪儿不就行了？”

凭什么？偏不，就不！

你们让我打电话我就打电话，实在太掉价！一个半疯一个二傻，跟他们再纠缠一秒我都嫌多。

我狠狠地推开刘翰文，快速往电梯那边走去。刘翰文上来拉我：“喂，别这样！”

我甩开他，按下了电梯的下行键。没想到维维安竟从后面扑上来，抱住了我的脖子，不依不饶地吼叫着：“把电话号码交出来，不交出来，你哪儿也别想去！”

她就像一块肮脏的橡皮糖死死地黏在我身上，任凭我怎么用力也甩不掉她。她狠狠地拽着我的脖子，让我喘不过气来也使不出力。

刘翰文赶紧上来帮我，让我吃惊的是，瘦小的维维安居然一把就推倒了他，他跌在地上，在光滑的大理石上哧溜滑出老远。

我挣扎着用指甲死命地掐维维安的胳膊，也许是因为疼，她终于肯松开我一点点。但是她飞快地换了招数，从后面一把扯下了我的包，我反身与她争夺，包里的东西全部掉到了地上，手机摔坏了，机身甩得老远，后壳和电池则掉在我脚下。

维维安先是跑到远处去捡了机身，接下来肯定就是要趴到我脚下来捡后壳和电池。我想好了，她若是敢，我一脚踹到她脑门上也不能让她得逞。

就在此时，电梯门正好面对着我打开了，我灵机一动，飞起一脚就把电池踢进了电梯。维维安慢了半步，当她扑过去的时候，电梯正好关上，她一头撞在门上，哐的一声。

看着她狼狈的样子，我心情再坏也忍不住哈哈大笑。

她气急败坏，跌坐在地上就直接把手中“残废”的手机当成炸弹，往我脸上砸过来。

“够了！”替我挡住手机的人是刘翰文。他弯腰捡起我的包，把所有的东西都替我放进去，然后一把把我搂到他怀里，指着维维安说：“我警告你，你要是再敢动她一根毫毛，我今天可是谁的面子也不会给！”

“你怎么就这么贱，你是残了还是废了，偏偏就喜欢这么一个女人！”维维安完全失态，已经由半疯进阶成全疯，只差没变成梅超风。

“好了，小安你住嘴！”刘波从后面走上来，递给刘翰文一张门卡说：“你先走，带妹妹去我房间休息休息，消消气。”

刘翰文搂着我进了电梯，电梯门要关上的那一刻，我听到维维安破口大骂：“骗子！跟你妈一模一样的骗子！”

我甚至还清楚地看到那个神秘的叫作 Joyce 的人站在她的身后拉住她，脸上浮现出的是一丝嘲弄的笑容。

电梯角落里，我的手机电池静静地躺在那里，仿佛也在骂我：

“傻瓜。”

我弯下腰捡起电池，也就是在那两秒钟，我把眼泪硬生生逼了回去。

从小我就懂得，哭屁用都没有。

我会用我自己的方式，让维维安为自己愚蠢的错误买单。

15

帝豪酒店2012房。

我和刘翰文对坐在落地窗前，从这里看出去，城市的灯红酒绿尽收眼底。摆在我们中间的，是两个红酒杯，他的酒已经喝光了，我的只喝了一点点。之所以不喝，是潜意识里的自我保护。就算最生气的时候，我也不会允许自己变得愚蠢。

“我看你就是怎么看都看不厌！”刘翰文说，“你要不要用点实际行动回报我的知遇之恩，至少干了这一杯吧。”

我问刘翰文：“你是不是真的觉得我很坏？”

“我只知道我喜欢你。”刘翰文说，“当然我也很想知道你到底喜不喜欢我，阙薇，你能告诉我答案吗？”

这一回我没打算骗他。我摇摇头说：“不知道，我好像从来都不知道，喜欢一个人会是什么感觉。”

“我可以教你的。”他挪了位置，坐到我身后来，搂住我的腰说，“我有足够的耐心，慢慢地、一点一点地教会你，你要不要学？”

“你也是这么教维维安的吗？”我问他。

“我早说了，我跟她没关系。”刘翰文说，“你到底要我怎样？”

“你根本就不够爱我！”我用力推开他说，“不然今天她不会那么过分。你就该当着我的面揍她。”

“男人打女人，我还真做不出。”见我拉下脸来，他又哄我道，“好吧，我发誓，她下次要是再敢对你无礼，我就把她痛打一顿，打得她下跪向你求饶为止。行不行，我的姑奶奶？”

我没说话，只是瞟了一眼茶几上的手机残骸。他心领神会地说：“明天起来，咱们就去买新的。”

“不用了。”我站起身来说，“我要回去了。”

“别开玩笑了，长夜漫漫，你就真忍心扔下我一个人？”刘翰文拦住我。

“下次吧。”我说，“今天所有的心情都被破坏了。”

房间的门铃就在这时候响了起来，刘翰文示意我等一等，跑去开门。是服务员，他说刘波小姐给我们送了红酒来，祝我们愉快。

“还是她想得周到。”刘翰文兴冲冲地开酒。就在他转身拿杯子的时候，我眼尖地发现装红酒的篮子里还放着一样东西，黑乎乎的一团。像是冥冥中有谁在驱使，我鬼使神差地把那东西拿起来。

那是一只用橡皮泥捏的猫，跟当年那个人留给我的那只一模一样！

看清楚的一瞬间，我感觉到我的心像是被一个巨大的弹弓啪的一下弹了出去，整个人都空了。

“阙薇？阙薇？”刘翰文喊了我好几声，我没有应他，他又推了我一把，“你怎么了？”

我回身抓起我的包说：“我有事要先走了。”我觉得我一分钟都不能再等了，必须马上找到那个叫Joyce的，当着他的面一问究竟。他是谁？他来这里到底要干什么？

“你哪儿也不能去。”刘翰文拦住我。

“让开。”我对他说。

“你这么着急，是急着要跟那个假洋鬼子约会吗？”他说，“难道这真的就是传说中的一见钟情？”

“随你怎么想。”我冷冷地说。

“我最讨厌别人骗我！”他用力捏住我的胳膊说，“也别告诉我你不知道他是谁。你先回答我一个问题，今天晚上，你去厕所的十来分钟，都去干什么了？你跟他都干了些什么！”

“该干的都干了，你满意了吧！”我狠狠地盯着他的眼睛，一点也不肯示弱。

我看到他眼里闪过一丝怒意，心中暗暗感到不妙。正要挣脱，他猛地把我的腰一把搂住，顺势将我推倒在旁边的沙发上。我用力踹开他，爬起来就往门口跑。他从后面用力地拽住了我的头发，我只感到一阵天旋地转，站立不稳，摔倒在地毯上。只不过一瞬间，刘翰文像一座山一样压下来，整个人压在我身上。他伸出手捏住我的脸颊，寻找到我的唇，开始粗暴地亲吻我。

“哼，那就再来温习一遍。”他讥讽地说。我忽然感到胸口一凉，他的手已经探进了我的内衣。我开始意识到事情的严重性，开始软下来求他：“放开我，不要这样。我是骗你的，我跟你闹着玩的！”可是，他通红的眼睛里闪着暴戾，丝毫也没有要停下来的意思。

“刘翰文！你说过，愿意等的。”我用力打他，想叫他停下。

“那要看场合。”他粗着嗓子说，“还要看你懂不懂事。”

“我懂的。”我继续求他说，“你停下来。你让我去洗洗干净，我们高高兴兴地在一起，难道不好吗？”

听我这么一说，他看上去有了松动，把手从我身上拿开，慢慢直起了半个身子。眼看时机已到，我抬起脚，对着他的下半身就狠踢了过去。然而没想到的是，我竟然踢歪了，那一脚，正中他的大腿根。他扑上来，愤怒地给了我一巴掌，左手掐住我的脖子，厉声说：“我给你脸，你不要脸。今天把你玩完了，你就是爷扔掉的一块抹布，你知不知道！”

我根本就不是他的对手，他用膝盖钳制住我的手，麻利地扒下我的裙子，我感觉我的手快被他压断了，痛到麻木，脑子轰轰作响，头顶仿佛有万千的细小针头在不停地扎刺着我。我已经丧失了思考的能力，只能不断地哭着重复：“求求你，不要这样，求求你。”

但是我知道，这没有用。

转瞬间他已将我的衣服扒光，全身赤裸的我失去了最后一丝希望。我的心迅速跌进一个绝望的黑洞，身体和大脑仿佛已经不是我自己的了。一切都结束了。我放弃抵抗，只是静静被他压在身下，不再挣扎也不再求他，只有汹涌而无声的眼泪，像坏了的水龙头里的水，管不住地往外淌。

就在最关键的时候，门铃响了。屋外传来的是服务生的声音："客房送餐。"

"送错了！"刘翰文朝门外大喊。但对方好像没听见，仍在一个劲儿地按门铃。

刘翰文骂骂咧咧地起身，然后一把把我拖起来，推我到卫生间里说，"你要是敢出声，或者敢乱来，后果自负。"

他砰的一声狠狠关上门，我飞快地抓了一条浴巾裹住狼狈的自己，跌坐在卫生间冰凉的瓷砖上。

我要逃。

从窗口——不可能，这里是二十楼；直接扑出去叫救命——可是我听不到外面的声音，搞不好他根本就不会让服务生进来。忽然间，我看到墙上的电话。我用颤抖的手抓住它，可是，我竟然不知道，该打哪个电话求救。

慌乱中看到了总台的号码，我正要拨，忽然又停住了。

我丢不起这个人。

或许我还有最后一招，那就是"心甘情愿"地献出我自己，从此，让他"心甘情愿"地为我服务。

但我知道，就算我再贱再低微，那微不足道的自尊，却还是牢牢地抓住我的心，告诉我：不可以！

我绝望地在地上坐了很久，等着刘翰文推门进来，可是，他一直都没有来。难道他气头已过，知道自己错了？还是他因为美食而忘记了我的存在？但外面的寂静确实可疑，说不定他已经不在房间，我不趁这时逃跑，更待何时！

想明白这个，我飞快地站起身来，拉开了卫生间的门，然而看到的场景却让我完完全全地惊呆了。

刘翰文仰面倒在沙发上，诡异地一动不动，更恐怖的是，他的嘴角似有红色的血涌出。

我吓得失声大叫，又赶紧捂住自己的嘴巴，怕喊声把别人招来。

我叫了他几声，他没有回应我。我不敢走近他，当机立断迅速地穿上衣服，提着鞋，赤脚跑出房间。我觉得我应该先去大堂报警，让人来看看到底是怎么回事，来看看他到底有没有死，他是不是还活着！

就在我像只绝望的没头苍蝇一样地在过道上赤脚飞奔的时候，一扇房门在我面前打开，有人从里面走出来，一把就将我扯进了房内，并同时捂住我的嘴。

我还没看清这是谁，就听见左耳有温柔的声音传来："小雀斑，别来无恙？"

PART 02

维维安

最后的最后，我们都将离开，但依然要用力把刺插入胸膛。

1

十二岁那年的暑假，我写过一个故事。悠长而寂寥的午后，我把它念给我爸爸听：

“从前，有一个杀手，他每个月都会杀一个人。杀完后，他会把那人的头割下来放到床底下，把尸体扔在荒野。这个杀手的隔壁，住着一个小姑娘和她的妈妈，还有小姑娘最爱的狗——欢欢。杀手一直嫌狗吵，有一天，他把狗杀了，把狗头藏到了床底下。小姑娘的妈妈对她讲，不用担心，欢欢只是走丢了，总有一天会回来。

“后来，小姑娘和杀手慢慢地成了朋友。她把自己的大白兔奶糖分给杀手吃，还给用草给杀手编了一顶很丑的帽子；遇到很难的数学题，请杀手教她做。杀手被小姑娘感动了，忽然就不想杀人了，他换了一份正经的工作，还想娶小姑娘的妈妈做老婆。

“冬天来了，下雪了，天很冷。小姑娘给杀手送去了一碗鸡汤，杀手喝完后晕过去了。于是小姑娘把杀手的头割了下来，洗干净，连同他床下的十一颗人头和一颗狗头一起，埋在了雪地里。

“春天到来的时候，雪化了，埋过人头的地方，开出了一丛又一丛美丽的鲜花。每一朵花，都像是一只狗的笑脸，人们把它叫作‘狗头花’。小姑娘指着那些花对妈妈说，妈妈快看，欢欢回来了。”

“完了？”我爸问我。

“完了。”我合上本子。

“那么小安，你写这个故事，主要是想讲什么呢？”我爸把他的凳子挪得靠近我一些，好奇地问我。

“你觉得呢？”我反问他。

他想了想回答我说：“你是不是想说，再冷酷的人，也会有被爱感化的那一天？可是，如果是这样，你为什么又要写他被小姑娘杀死了？这个结果，很残忍，也根本没什么意义啊。”

我笑着说：“当然没什么意义啊，我也就是写着玩玩。”

说完，我把那个本子扔到了床的角落里，拿了本伊藤润二的漫画书看起来。我喜欢他的漫画里弥漫的恐怖气氛，可以深度挑战我的脑神经，带来别的阅读无论如何都达不到的快感。

“少读点古里古怪的书，把脑子读复杂了。”他瞄了书皮一眼，敲了我脑门一下，担心地说道。

唉，从懂事起，我就已经学会不指望爸爸能懂得我，就像我一直都不懂得他一样。只是有一点毫无疑问，我是他生命中最重要的人，他亦是我的。

我在乡下长大，不过我爸并不是乡下人。他在镇上开了一家服装厂，我们村里的人都喜欢叫他“维厂长”。说起来，我爸当年举家搬到乡下最主要的原因是为了我妈妈。听说我妈长得特别漂亮，可她生下我不久就患了癌症，换了很多医院都治不好。医生说，乡下空气好，对她的病有好处，于是我爸就在乡下买了人家盖得还算不错的一座小别墅，又花很多钱把它装修了一下，希望能安安静静地和我妈在那里共度余生。谁知道造化弄人，我们搬进去没多久，我妈的病情却突然恶化，撒手离开了人世。

人死了都希望入土为安，偏偏我妈妈是个热爱自由的人，要求我爸将她的骨灰撒入大海，誓要将自由进行到底。这可苦了我这个唯一的后人，清明时想给她扫个墓都找不到地方。最多就是我爸抽空带我飞去海边，我们找一家海边的小旅馆住下，黄昏时一起在海边坐坐，看看落日，吹吹海风，然后回来继续我们的生活。

我妈走后，我爸把对她的爱全转到了我身上，为了培养我，他下了很多的功夫。分数什么的他倒不是很在意，但是从三岁起，我每天的必修课有两门，一是钢琴，二是武术。

我爸让我学琴，是因为他相信音乐可以让一个女孩子变得安静，与世无争，淡泊名利。如果你有天走在乡间的小路上，看到一头哼哧哼哧的老牛正摇着尾巴走在前面，同时耳边又听到贝多芬的第十四钢琴奏鸣曲《月光》的时候，千万不要以为自己得了精神分裂症，那是因为，你有可能正好路过我家门口。如果是这样，你应该还能看到我家门口的橘子树，秋天的时候，它会结满金黄色的果实，方圆一里都飘满了橘子的香味。想吃的话随便摘，没有人会管你。

我的钢琴老师叫小丛。她以前是镇中学的音乐老师，算不上是美女，但也算有气质。教我三年以后，她从学校辞了职，到我爸厂里当了秘书。很多人都想当然地认为小丛跟我爸有一腿，但是我知道这只是属于小丛的一场痛苦的单恋，我爸并不喜欢她。

还记得有天晚上小丛给我上完课，我以为她早就走了，可是夜里十点，我准备睡觉的时候，却发现她和我爸还站在院子里。我在二楼，又隔着窗户，完全听不清楚他们在说什么，但我猜到他们是在吵架，我甚至能清楚地看见小丛老师脸上汹涌的泪水。最后，她哭着扑向我爸，像一根绝望的藤蔓一样挂在我爸身上，却还是被我爸用力地推开了。

那以后，小丛有很长一段时间不来我家，不过我爸也没再给我请新的钢琴老师，我只能照着小丛留给我的琴谱自己练习。有一次我爸忽然问我："你弹的是什么曲子，还挺好听的。"

"《*A Winter Story*》，是日本电影《情书》的主题曲。"

"小丛老师教的？"

我点点头，问他："为什么你不喜欢小丛老师？"

他傻乎乎地摸了摸鼻子说："爸爸喜欢的人，是你妈妈啊。"

"可是，妈妈已经死了。"我说，"难道你要一直喜欢一个已经死去的人吗？"

"小笨蛋。"爸爸拍拍我的肩膀说，"等你长大后就明白了，喜欢这件事和生死没有关系的。"

“那什么是喜欢？”

我爸的回答超“文艺”，他说：“喜欢就是……想起来就很欢喜。”

我常常觉得，大人真是种矛盾的动物，死明明是一件很悲伤的事，想起来又怎么会欢喜？只是我不忍心再反驳他，因为他正盯着柜子上我妈的遗像在看。这是他忙碌的工作之余最大的爱好，一边抽烟，一边喝茶，一边守着张旧照片追忆往事。

不过换成是我，我也不会喜欢小丛。因为我觉得她很假，在我爸面前就装淑女，说话都不会大声，可是跟梅叔在一起，就常常爆粗口，还抽烟、赌钱什么的，豪放得很。

梅叔是我的武术老师，福建人。我认识他那年他不过三十岁而已，但是大家都叫他梅叔，久而久之就成了习惯。说起来，梅叔算得上是我爸爸的远房亲戚，他功夫很好，曾经在全国武术比赛中拿过亚军。他年轻的时候因一时冲动打伤了人，坐了近十年牢，出狱后，我爸收留他在厂里当保安部主任。他对我爸挺忠心的，在教我武功这件事上也尽心尽力，毫无保留，但就是有个改不了的恶习——赌钱，有事没事就喜欢找几个人陪他打几圈。为这事，我爸没少说他，他总是笑呵呵地说是的是的要改，却一直都没改，赌输了就过来跟我爸预支工钱，没钱吃饭了就来我家蹭，皮厚得紧。

和练琴比起来，练武还要苦十倍不止。日复一日的站桩、马步、拳击、倒立，每天早上五点就要起来跑步，冬天再冷，也要在河里游上好几个来回。现在回想起来，小小的我确实承受了很多同龄人无法承受的痛苦，身上也常常摔得青一块紫一块。但不管怎么样，我都坚持了下来，那是因为我一直都是一个乖小孩，我爱我爸爸，我不想让他对我有任何的失望。

而我自己真心喜欢的事情，应该是阅读吧。我家有个很大的书柜，每次爸爸出门回来，都会给我带很多的新书。对于书的种类，我并不挑剔。我如饥似渴地在每一本书的字里行间体验不一样的人生，那是音乐和武术都不能带给我的别样的思考。乡村小学的教育可想而知，唯有大量的阅读能让我愉快地挖掘自己的深度以及智慧，从而常常发现一个崭新的自己。

在我小学快毕业的时候，我爸的服装厂出了事——发生了特大火灾。那场火烧得特别夸张，由于镇上的消防不得力，库存的大量易燃棉纺织品导致三座厂房燃烧近五个小时，存放布料的仓库更是被烧得坍塌了大半。万幸的是火烧起来的时候是半夜，损失的大部分是货物，没有人员伤亡。那天放学后，我去厂里找我爸，那时候火早已经被扑灭了，四周弥漫着难闻的气味，梅叔和我爸正带着几个警察在各处察看。我听见梅叔正在跟警察们讲，火灾极有可能是库房的电线短路所致。

“你去办公室等我。”爸爸吩咐我说，“这里危险，不要乱跑。”

我推开办公室的门，里面只有小丛一个人。我已经很久没见过她了。不知道是不是火灾一事让她特别烦，反正她看到我也只是勉强地笑笑，并没表现得特别亲热。我自己找了个地方开始做作业，作业做到一半的时候，小丛忽然从电脑前抬起头对我说：“小安，我要走了。”

“什么？”我不太明白她的意思。

“我要去很远的地方了。”小丛说，“你要是还想学琴，就得找别的老师了。”

“可是，你已经很久没教过我了。”我说。

“是吗？”她问我，“有多久呢？”

“半年了。”我说。

“哦，那确实是很久了。”小丛说，“小安，我走了以后，你会不会想我呢？”

“会吧。”我说，“我和我爸都会想你的。”

小丛走到我面前，靠着我的桌子，点了一根烟对我说：“小安，我说的那种走，就是以后我们有可能再也见不着了，你懂不懂呢？”

我想我是懂的，不就是我和我妈这种吗？但是我鬼使神差地对着她摇了摇头。

小丛叹息了一声，轻轻拍了我的头一下，抽着烟出去了，留下我一个人在我爸办公室。我去上洗手间的时候，听到她在楼梯拐角那边打电话，她很凶地在跟对方说：“我要的一点儿也不多。烧成这样，你负责安保，难道不用负责？你这个头脑简单四肢发达的蠢货，等着再去坐牢吧！”

我估计电话那边是梅叔。

那天，我和我爸回到家已经快晚上十点钟了。爸爸把阿姨做好的饭菜热了热给我吃，可是他自己一口也吃不下。我走近他，靠在他身边，问他：“怎么办呢？”

他摸摸我的头说："没事的，闺女，不就一场火吗，爸爸还可以从头再来。"

"要赔很多钱吗？"

"不只是钱，主要是信誉问题，答应客户的订单不能按时出货，以后生意就难做了。现在厂房不能用，明天我得去几家小厂问问，看能不能替我们把一些活给拼出来。"

"你的布料是以丝绒为主的吗？"我问他。

"咦？"他奇怪地说，"你怎么知道？"

我说："爸爸，你有没有想过，这次火灾有可能是人为的。"

他吓了一跳："不可能。"

"一周前，已经有人在你办公室的那台电脑上搜索各地丝绒的价格，同时还有一条是询问都有哪些原因会导致电线短路！"

"你一定是柯南看多了。"爸爸皱着眉头对我说，"你赶紧吃完饭去睡觉吧，明天还要早起练功呢。"

第二天正好是周末，我爸一早就去了厂里。中午的时候，我正在家里看书，梅叔来了。他好像喝了一点酒，整个人看上去也不是很有精神。

他问我："今天练功没？"

"一点点。"我说。

他借着酒劲教育我："不用功再聪明也不行，别以为遇到危险的时候，你那点三脚猫的功夫派得上用场！"

"哦。"我说，"知道了。"

"小丛老师让我来接你，她说明天要走了，接你去吃个饭。"

“可是我刚刚吃过。”我说。

“晚饭！”梅叔没耐心地说，“她可能想跟你告个别、聊聊天吧。”

“那你等等我，”我说，“我换件衣服就来。”

我出来的时候，梅叔正在沙发上看手机，见到我，他合上手机说：“我们快走吧。咦，你不是换衣服吗，怎么换成了溜冰鞋？”

“梅叔，”我靠在墙边问他，“你打算把我藏到哪里呢？”

“你说什么？”他脸色忽然就变了。

“梅叔，我想给你讲个故事，你看我讲得对不对。”他只往前走了一步，我已经脚下使力，哧溜溜到了大门边。

“你欠了别人一大笔赌债，跟我爸借钱，我爸没借给你。债主逼得急，要你卖房子，你只能铤而走险，趁我爸不注意，搬走了他的布，又人为制造了电线短路，造成了火灾。然后，你利用我爸做生意讲究诚信的特点，建议他找小厂赶活，又以小厂没有布料为由，骗我爸高价收购他自己的布，是不是这样？”

“别听小丛胡说八道！”梅叔急了。

我摇摇头：“你错了，小丛什么也没跟我讲。如果我没有猜错的话，小丛应该是你的帮凶，因为据我所知，你不会用电脑，更不会搜索，所以办公室电脑上的记录不可能是你留下的。小丛得不到我爸的爱情，被你煽动，心想得到点钱也是好的，于是答应帮忙。但是，她万万没想到火会烧得这么狠，所以她很害怕，威胁你如果不多分点钱给她，她就告发你。再加上昨天我提醒过我爸后，我爸今天一大早应该会去公司查问你，你很害怕，只好先下手为强，想绑架我，让我爸不敢报警。”

“小小年纪，还真会编故事。”梅叔咬着牙说，“看来光教你武术没用，我还得教你懂点规矩。”

“来追我啊！”我指指自己的脑袋对梅叔大声说道，“光会功夫，没脑子也不行！”

我说着，人已经滑到院子里，大门开着，凭我娴熟的溜冰技巧，三分钟我就可以滑到位于村头的派出所。除非梅叔给自己的脚安上风火轮，不然我有十足的把握让他追不上我。我刚溜出门就看见我爸的车一路飞驰过来，在家门口停下，车上跳下来的是我爸和小丛。

“小安，你没事吧？”我爸一把抱住我。

我笑着摇摇头。梅叔正好追出来，见到此情此景，他一把抱住头，直接蹲到了地上。

事实证明，真相与我所猜的八九不离十。但是有一点我没猜到：我爸居然没有告梅叔和小丛，反而给了他们一人一笔钱，让他们远走他乡。并且，他还做了一个更大的决定——结束他在镇上的生意，带我回城里生活。

乡下的房子没有卖，除了托运的钢琴和书，我们只带了少量的行李就上路了。爸爸一边开车一边对我说：“我要给你尽可能好的教育，你不能做一辈子的乡下妞。”

“乡下妞不好吗？”我仰起头问他。

“也不是不好。”他说，“主要是，你也不太像啊。”

我笑着问他：“哪里不像呢？”

“你是个杀手。”他冷酷地说，“别以为我不知道，你杀死了一条狗。”

“那你知道该如何对付杀手吗？”我问他。

他想了想说：“拼命练枪法，有朝一日比他更厉害喽。”

“好吧，加十分。”我笑着闭上眼睛开始休息。

四百多公里的路程，其实我有足够多的时间告诉我爸，那个问题正确的答案是：做杀手身边最亲近的人，你才有机会杀掉他。但是我宁愿保持沉默，因为，像我爸这种天性纯良宽厚，哪怕被他最信任的人一把火烧掉一半家业，依然固执地相信这世界充满爱的六〇后，我想无论我怎么用力去解释，他都不会懂的吧。

我才不要跟他一样。

2

初到城里的日子，我和我爸住在西城区的旧房子里，那是一座小平房，门前有一个小院子。据说十几年前，我妈和我爸就是在这里认识并结婚的。比起乡下的大别墅来，它显得破旧狭小，不过住进来之前我爸专门请人来清理和收拾过，所以看上去还算干净整洁。

“咱们在这里将就些时日，两年之内爸爸一定让你住上新房子。”我爸说。

“这里挺不错啊。”我指着客厅旁边的一小段楼梯好奇地问他，“那上面是什么？”

“阁楼。清洁工来打扫的时候说是有老鼠，所以我让人锁起来了。”

不知道为什么，那个神秘的阁楼搞得我心神不宁。记得小时候曾经读过一本很喜欢的书，书名叫作《阁楼上的光》。至今我还能背出书中某些美好得要命的句子：“阁楼上孤灯一盏。尽管门窗紧闭，漆黑一片，我却看见微光在闪，那是什么我全知道……”我爸不在的时候，我曾经想去阁楼上偷偷看个究竟，无奈都被那把一看就是新买的大锁拦住了去路。

可是我真的很想知道那里有什么。

我转学过来正好是小升初，我爸找了人，把我塞进了天中初中部的重点班。让我敬佩的是，虽然他离开已久，但面子尚有，好多事情一个电话就能轻松搞定。和他比起来，我的人缘显然差了很多，开学都一个月了，我还没交上一个新朋友，并且我感觉，他们都不太懂我。

那一天口头作文课，语文老师让大家说说各自的理想。轮到我的时候，我是这么说的：“我希望自己四十岁的时候，身体健康，略有积蓄，已婚，丈夫体贴，孩子听话，有一份真正喜欢的工作。我觉得这就是成功，不必成名，也不必发财。”

老师无奈地评论说：“维维安同学，你这一整就整到四十岁了，还老公孩子的，想得挺远的啊。”

班上一半同学笑到喷口水。

我懒得解释。其实这么有水准的话才不是我说的，是我从亦舒的一本书里看来的。但是我们班上的女生都不看亦舒的书，她们要么不读书，扎堆讨论谁谁谁的八卦，要么就只看那些轻飘飘的男欢女爱的言情小说。我之所以要照搬这几句，并不是因为想要特立独行，我就是觉得这话说到了我心里去，这就是我的理想，没有什么不好。

午餐时间，花枝过来找我聊天。她坐在我们班最后一排，老师说她太胖了，坐在前面任何一个地方都会影响别人看黑板。

“嗨，维维安。”她说，“我以前还以为你是新疆人。”

“为什么？”我问。

“维吾尔族也有个维字啊。”她为自己混乱的逻辑惊天动地地笑起来，“以后你会知道，我这个人其实蛮有趣的。我就是想跟你说，你的理想，还真蛮有趣的，哈哈，哈哈哈。”

“谢谢。”我说。

“听说你家也住在西城，以后放学我们可以一块儿走，聊聊天什么的，不然三班的王子雄有事没事老是跟着我，一路扯东扯西，我被他烦死了！”

“不了，我习惯一个人。”我说。

她端起她的饭盒，刷地站起身来，居高临下地看着我说：“骄傲的柴火妞，我向你致敬！”

“别客气。”我很谦虚。

我当然知道她为什么要拉拢我。西城区是我们这里的老区，住在那里的多半是穷人，自然被人瞧不起。花枝成绩虽好，但个性太强，锋芒毕露，一点亏也吃不得，开学没多久就见她因为一些小事跟好几个同学闹过矛盾。她一定以为我跟她一样出身贫寒，又初来乍到，必会听她差遣，真是猪脑一个。

那天晚上，我都快睡了，家里忽然来了客人。是一个老太婆，很胖，穿着邋遢，嗓音洪亮。我爸让我叫她外婆。

尽管很不情愿，我还是听话地叫了她一声。这个从天上掉下来的外婆大人，看到我并没有表现出与亲人久别重逢的丁点儿喜悦，而是相当潦草地看了我一眼，就坐到旧沙发的正中央，很生气地训斥我爸说："你怎么回事，回来这么久了也不讲一声？"

"这不刚安顿好吗。"我爸说。

她上下看看，哼哼着说："听说这房子要拆迁了。别以为我不知道，你是因为这个才住回来的吧？"

我爸好言好语对她说："您看，今天很晚了，小安也要睡觉了，等我忙完手头的事就去找您好不好？"

见我爸不买账，老太婆当场发了飙："好你个维大同，这么多年见不着你人影，我人刚来，屁股还没坐热你就赶我走？我告诉你啊，不管怎么说，你跟我们家小彩，一日夫妻百日恩哪。她死得不明不白，我养她那么多年，最后连个尸首都没见着，你替她孝敬孝敬我难道不是应该的？"

"不是一直给您寄生活费的吗？"我爸低三下四地说。

"别跟我提生活费！"老太婆一敲桌子说，"我今天来是跟你谈这套房子的！不管怎么说，也有小彩一半吧？"

我爸为难地看着她，不知道该说啥。就在这时候他的手机响了，应该是生意上的急事吧，反正他跑到里屋接了半天电话也没出来。客厅里只剩下我和老太婆两个，她终于有空正眼看了我一小会儿，颇为不满地评价说："长得像根小青菜似的，你说你妈妈的漂亮怎么就没遗传点给你！"

我小心翼翼地问她："你是我妈妈的妈妈吗？"

她大吼一声："我是你外婆！你说你这小孩是不是在乡下养傻了，什么妈妈的妈妈，怎么连句话都讲不明白！"

在她极度不耐烦的态度下，我的眼泪一下子就下来了，一把揪住她的胳膊说道："外婆，你一定要救救我！"

"怎么了？"她愣住，吓了一大跳。

我压低声音说："我爸得了病，他是回来治病的。"

"什么病？"她立刻警觉起来。

我掏啊掏的，猛地从口袋里掏出好几个口罩，放在她眼皮底下说道："很严重的传染病，医生说会死人的，你看我现在天天都戴这个。我真的很害怕，外婆，你带我走好不好？你让我跟你生活在一起，别看我小，我会做很多事，我保证我会听话，会乖……"

我还没讲完呢，她整张脸都绿了，腾一下从沙发上跳起来，像甩恶魔一样，飞快地甩开了我。

等我爸打完电话出来，客厅里只坐着我一个人了。

我爸奇怪地问："咦，她人呢？"

"走了。"我说。

"你拿着保洁阿姨用的口罩干吗？"

我说："这么多她也用不完，刚好最近学校门口在施工，灰尘太多了，我觉得我应该放几个在书包里。”

我爸伸长脖子看看门外，有点担心地说：“她有没有说啥？”

“她说我长得丑。”我委屈地说，“爸爸，你怎么一直都没有跟我提过我有什么外婆，你不是说，我妈的爸妈早就过世了吗？”

爸爸在我面前坐下，深吸了一口气对我说：“这些事还真是说来话长。刚才来的那个，其实是你妈妈的养母，你妈跟她没有血缘关系。小安，爸爸必须提醒你，这里不比乡下，什么人都有，什么话也都有人讲。反正不管别人说什么，你就当没听见，听见了也别信，记住没？”

我似懂非懂地点了点头。

那天晚上我躺在床上，脑子里一直重复着老太婆说的那句话：“死得不明不白，死得不明不白……”我妈明明是得癌症死的，有什么不明不白？难道这里面藏有什么隐情吗？

我妈死的时候，我还未满周岁，关于她的记忆，仅限于过去的一些照片以及我爸对她的描述。反正在我爸的嘴里，我妈就是天下第一的大好人及大美人。她有特别特别多的衣服和特别特别多的鞋子，塞满了好几个大柜子，全都留在了乡下。我只瞒着我爸偷偷带回来一条裙子，藏在我的衣橱里。我爸说，那些衣服都很贵，好多都只穿过一两次，我妈不让送人，要留给我将来长大了穿。

可我觉得，它们都太艳丽了，完全不适合我。我只喜欢她留给我的一个布娃娃，虽然很旧了，但我一直带在身边。爸爸说，这还是我没出世的时候，我妈就买下的礼物。她说小姑娘总是怕孤单，有个娃娃陪着会好一点。娃娃不漂亮，但是摸上去很软很舒服，我叫它小小安。

第二天晚饭的时候，我装作不经意地问我爸："我妈得的是乳腺癌吗？"

"是啊。"他说，"怎么了？"

我说："我新同桌的妈妈也得了这种病，可是现在还活得好好的，你说我妈怎么就这么倒霉？"

"以后别说这些了，"他皱着眉说，"爸爸可不想听。"

看他不开心，我知趣地换了一个话题："那你什么时候再给我找个新妈妈？"

他看上去果然轻松了一点："万一找个后娘，对你不好，那你咋办？"

"我就跟她打架呗。"我握着拳头笑嘻嘻地说，"料她也打不过我。"

"小安你听好了，爸爸这一辈子，有你就足够了。"他的表情很认真。

"可是我总会嫁人的啊。"我故意气他。

"那时候爸爸也老了，你要是不嫌弃，我可以给你当保姆带小孩子啊。"他自信满满地说，"你不就是我亲手带大的吗，这方面，我有经验！"

他还真是的！

那天晚上，趁我爸在洗澡，我偷了他的钥匙包，蹑手蹑脚上了那个小楼梯，一把钥匙一把钥匙地试，终于打开了小阁楼那把锁。但我并没有急吼吼地马上跑进去看个究竟，而是让锁维持原样，又蹑手蹑脚地下来，把钥匙包放回他的口袋，神不知鬼不觉地回房间睡觉去了。

书上说，“想成大事者，心急为大忌”，这一句我可没忘。

第二天放学，我下了公交车一路小跑回家。谢天谢地，没有人发现，那把锁依然听话地开着。怀着一种异样的心情，我扭下锁来，轻轻地推开了小阁楼的门。随着吱呀一声，傍晚的阳光从小阁楼的窗户照进来，直接照到我的脸上。我眯缝着眼睛看过去，发现小阁楼并不像我想象的那样杂乱无章，而是分外干净，除了正中央放着一个木头箱子以外，其他什么也没有。

我走到那个箱子旁，发现那是一个密码箱。迟疑了一小下，我输入我妈的生日，它竟然啪的一下打开了。

箱子装得满满的，里面应该全都是我妈的遗物，有两个香奈儿的包包，一些看上去很值钱的珠宝，她戴过的发卡，用过的相机、手机、香水、钱包，甚至还有她的银行卡和一大堆贵宾卡。这些东西虽然被封存了很久，但因为堆放整齐，依然保持着一种清新的气息，仿佛昨日才被主人逐一使用过。只不过相机里的存储卡不见了，手机没电。我看来看去，估计最有价值的，就是压在箱底的那个红色的真皮本子了，我猜，那应该是我妈的日记或者随笔。

或许，关于我妈妈的故事都在其中！

我激动地打开来，却发现完全猜错了——这竟然是一个账本！扉页上写着一行斗大的字：“美丽永远不打折！”我暗想，她那么爱美，搞不好这就算她的人生格言。翻开来，里面密密麻麻全都是商品代购的记录，什么路易威登的钱包、巴黎世家的机车包、香奈尔的眼霜面霜、迪奥的口红、爱马仕的围巾，总之，无一不是大牌奢侈品，后面写着价格、交易日期以及代购人的姓名。

难道我妈以前是开小店的？

记得我爸跟我说她是艺校的老师，教美术！可是说实话，她的字写得真难看，还比不上我三年级的时候写的，打死我也不相信一个美术老师会写出这么难看的字。我一页一页地翻过去，某页最下方有行红色的备注吸引了我的目光："俞洁，本月购物累计突破十万元。需返点或额外送礼，切记！"再翻几页又看见"俞洁"两个字，写得非常大，差不多占了整整一页，并且那个名字上，画了一个红色的恶狠狠的大叉。

她是很恨这个俞洁吗？

本子还余了一半的空白，我随意翻翻，发现里面还夹着一张字条。纸已经被撕裂了好几处，但拼一拼并不影响我看清楚上面的字："这飘零的人生，有何用！栋，如果用我的鲜血，是不是可以让你相信我这颗早已经破碎的心！"

我把字条夹回原处，发现我的心跳得飞快。我首先想到的是，这句话写得不通顺，至少应该是"如果用我的鲜血为证"吧，可见我妈语文学得不咋样。其次，我敢肯定的是，这个"栋"肯定不是我爸，因为我爸的名字里根本没有"栋"字。并且，我相信像他那样宽厚的人，怎么都不会把一个女人逼到非要用鲜血来证明自己破碎的心这一步！

那么，这个神秘的“栋”到底是谁？

他和我妈之间，到底发生过什么样的故事？

还有，如果我妈压根没当过什么美术老师，我爸对我撒那样的谎又有何意义？

我的内心瞬间被千百个疑问缠绕得透不过气。就在怔忡中，黄昏最后一缕光从小阁楼里渐渐隐去，只在地板上留下一点浅浅的光晕。我靠着那个沉默的大箱子，忽然发现自己很忧伤。是的，忧伤，深入骨髓的那种。从小到大，好像我从来都没有如此地靠近过我的母亲，可是越靠近，她越让我觉得陌生，遥远，不可触摸，痛不可当。我第一次如此真实地感受到她真的来过这世界，不管她曾经做过些什么，我相信她尽力过，拼命过，同时也饱尝过人世的喜怒哀乐爱恨情仇。而她只留下这一个不知所以的箱子，连以资纪念的凭据都荡然无存。那么，她真的甘心吗？对于我这个被她丢弃在人世间的小小姑娘，她又可曾心怀愧疚或是深深担忧？

年幼的我早已经深知，人生有很多的事其实永无答案可寻。但我却无法抵挡来自内心对于“母亲”这个词波涛汹涌的好奇，我固执地要去探索那些早已经深藏于时光背后的秘密，并不是故意要对她心怀不敬。在岁月的列车上，她离开太久，我想念太晚，我们再没有机会像别的母女那样面对面认识彼此，无论吵架，还是亲密。想起来真够伤心。

3

渐渐地，我发现我爱上了现在所生活的这座小城，尽管它雨水很多，阳光不足，但我依然热爱它的每一条街道、每一辆公交车、每一块广告牌以及每一幢建筑。这绝不是因为我来自乡下，贪恋它的繁华和文明，而仅仅是因为这里曾和她息息相关。只要想象着我正走过她曾经走过的路，呼吸她曾经呼吸的空气，仰望她曾经仰望的天空，遇到她曾经遇到的人，我就会怦然心动。

我偷偷地开着小阁楼的窗户，爸爸不在家的时候，我喜欢从那扇小窗里爬进去坐一坐，靠着那口箱子，看一本书，写一小篇日记，或者想一会儿心事。我愿意相信她正在某处看着我，心怀慈悲，给我祝福给我力量，让我远离孤单的恐惧。

那一年的冬天来得特别早，风一吹，大家都在校服外套上了棉马夹。体育课自由活动的时间，我坐在花坛边看一本小书，花枝挨到我边上来。她的脸冻得通红，像一只熟得快烂掉的番茄。“番茄怪人”一面咯嘣咯嘣嚼着蒜香青豆，一面口齿不清地向我陈述一个事实:“维维安你知道吗，其实咱俩是亲戚。你妈叫李彩萍对吧，我妈叫李雅萍，也就是说，我妈是你妈的姐姐。上个月我外婆还去过你家，听说你爸病了，是传染病，我外婆还叫我离你远点，怕我被你传染上。”

“那你还来找我说话？”

“看在亲戚的分上，随便说两句喽。”花枝说，“我可不是胆小鬼。”

“可是，”我合上书说，“我妈根本就是领养的。”

“没错！”花枝把剩下的青豆统统倒进嘴里，又不甘心地捏了捏袋子，这才把袋子扔到花坛边说，“你妈是孤儿，要不是我外婆，她就死在西落桥下面的桥洞里了。我外婆当时刚生完我妈不久，正好奶水也够，一时好心，就把她抱回家了。不然的话，也不可能有今天的你哦！”

“那我们算哪门子亲戚呢？”我问她。

她变戏法一样地从口袋里又掏出一袋青豆，把袋子撕开，这才反应过来，恍然大悟地指着我说：“呀呀呀，你呀你，果然遗传了你妈的最大特点——无情无义、爱慕虚荣。不过我听说，你那天抱着我外婆的腿哭啊哭地求她带你走，有没有这事啊？别说我没提醒你啊，等你爸病死了，你也跟你妈一样成了孤儿，可别指望我家会收养你哦，门儿都没有！”

趁她不注意，我脚上偷偷一使绊，她大叫一声“哎哟”，整个人摔了个四仰八叉，躺在那里像一只可笑的王八，半天也爬不起来。我弯下腰，从地上捡起一粒散落的青豆，放到她嘴巴上。她张嘴骂我，豆子正好滑到她嘴里，卡住她的喉咙，令她涨红了脸发不出声。

“怎么这么不小心？”我伸出手装作扶她，她本能地拽住我不放。只是她好不容易起来一点点，我又把她按下去，按下去，再扯她起来一点点。我想不管谁看见这一幕，都会相信是肥胖的花枝摔跤了，瘦小的维维安好心地去扶她，只可惜双方力量太悬殊，真是有趣又好看。

后来，花枝跑到班主任那里去哭诉，说我欺负她，把她弄摔跤还不让她起来。据说班主任看了看她巨大的身形，只对她说了五个字："开什么玩笑！"

就是嘛，开什么玩笑！其实我真无意欺负她，是她送上门来，自取其辱。她说说我也没什么关系，我就算不爱听也可以当作耳边风。但我妈人都不在了，她和她家人还在这里"孜孜不倦"地诋毁她，不教训教训，她怎知"收敛"二字该如何写！

那以后，花枝在我面前果然老实了不少，只是我撒谎说我爸得传染病的事最终还是穿了帮。一天，我爸一回家就问我："那天晚上，我就接会儿电话的工夫，你都跟你外婆说了些什么？"

"我没有外婆。"我很坚决地告诉我爸，"我妈都死了那么多年了，我们跟她没有半点关系了，你以后一分钱也不要给她。"

"你这孩子！"我爸戳了我脑门一下说，"好好的咒我得什么传染病，我说怎么这些天大伙儿见了我都捂着鼻子绕道走。"

我哈哈大笑。

他认真地嘱咐我说："我再说一次，以后这些闲事你别管，更不许去听任何人说三道四。你爸爸不傻，没那么容易上当受骗。"

我才不信他，明明就是好了伤疤忘了痛。

周末学校开运动会，放学比平时都要早。我回家时看到我爸的车子在，他车子的旁边还停着一辆悍马。那车真是又高又大，把院门都挡住了大半，车牌号也很霸气，一连串的8。我刚进院子，就听到屋子里传出一声巨大的声响，我觉得不妙，飞跑过去把门推开来，就看见我爸平时泡茶用的玻璃杯碎在地上，里面的水和茶叶溅了出来，还冒着热气，客厅中央的旧地板被砸出一个很大的窟窿。

我爸坐在餐桌旁，坐在他对面的是一个陌生的男人，个子不高，皮肤很黑，剪个平头，样子看上去极为普通，可眼神里却有些许的……凶光。

不用说，那个杯子一定是他扔的。

见到我进门，我爸吃了一惊，结结巴巴地说："你，你怎么回来了？"

"学校运动会。"我说。

"叫伯伯。"我爸吩咐我。

"伯伯。"我的声音小得像蚊子。

坐在他对面的男人盯着我看了半天，朝我笑笑，忽然站起身来走到我面前，从包里拿出厚厚的一沓钱，往我面前一递说："伯伯来得急，也没准备红包啥的，这见面礼你收下。"

我低头一看，我的妈呀，至少一万块。要知道，我这辈子收过的最大的红包，就是上次回福建过年爷爷给我的六百块，最后我还没花，全交给我爸了。

"大哥你可千万别！"我爸急着去拦他。

他已经快速把钱塞进了我的校服口袋，大步往门外走去，一边走一边指着地上的碎玻璃对我爸说："把这里收拾收拾，四五十岁的人了，以后别这么毛毛躁躁的，连个杯子都拿不稳。"

他说完，拉开门走了出去，院子外面很快传来汽车发动的声音。

“谁啊？”我问。

“一个老朋友。”我爸拿着扫帚，一面收拾地上的残渣一面回答我。

“挺大方的啊。”我捏着那一万块钱对他说。

他放下扫帚走到我面前，毫不留情地把那些钱从我手里抽走说：“这钱不能拿，我改天还回去。”

“哦。今天运动会，我拿了两个第一，百米短跑和三千米长跑。其实跳远和跳高我肯定也可以是第一，但是我没参加，我觉得还是低调点好。”

“是吧。”他显然没有在听我说什么，心不在焉。

“你到底有没有在听我讲话！”我朝着他跺脚。

“小安……”我爸把手放在我肩上，好像有千言万语想跟我说，却又不知道该如何开口。我能感觉到他内心的忧虑和不安，于是轻轻抱住他说：“我已经长大了，任何人要是胆敢欺负你，我都会保护你的！”

“瞎想啥，没有的事，没人会欺负爸爸。”他推开我说，“我现在得出去办点事，要是阿姨做好饭我还没回来，你先吃。”

“哦。”我轻快地说，“明白！”

他前脚刚出门，我后脚就从后院溜了出去。我从后面抄小路飞奔到大路口，刚坐上出租车，就看见他的车从小区里面慢慢驶出来。

“跟着那辆黑色别克。”我对出租车司机说。

出租车跟着他绕过几条街，大约开了二十分钟，他的车停了下来，我看到他下了车，走进了路边的一家服装店。天又落起了小雨，怕他发现，我退到街对面小超市的屋檐下观望。差不多半小时的样子，他推门出来，开车离开了。

我没再跟着他，而是决定去那家服装店探探虚实。

我过了街，走得很近了才看清楚那家小店的招牌：雀斑。

雀斑？这名字还真有点意思。我定了定神，推开门走了进去。店主是个相当漂亮的女人，一袭休闲的布衣，头发挽成个松松的髻。见我进去，她也不太热情，只是淡淡地说："随便看看。"接着仍然低下头缝补什么东西。但是突然地，她又抬起头问我："你找小薇？"

我摇摇头。

"你是天中的吧？"她看着我的校服问。

我点点头。

我注意到，她手里缝的好像不是衣服，而是一个四四方方的像相册一样的东西。见我好奇地盯着看，她笑笑，把它放进抽屉里问我："是要买衣服吗？"

"我姓维，我来找我爸。他说今天我放学的时候他会在这里。"

"哦，你是维厂长的女儿？"女人恍然大悟地说，"他是来过，但刚刚走，你要不要打个电话给他？"

"不用了。"我看看四周，她店里的衣服并不多，但布料柔软，款式特别，挂在墙上虽不言不语却别有一番风味。虽然我对服装完全不懂，但我感觉我一向爱美的妈妈一定会喜欢。搞不好，这就是她以前常常光顾的地方！

女人走近我说:“你喜欢什么款式告诉我，我可以专门替你做。就是手工做出活慢，不过有的款式你爸爸选中了去厂里打版，等他的厂房建起来，就会多生产一些了。”

“阿姨你真漂亮，跟你做的衣服一样。”我露骨地夸她，只为了跟她套近乎。我已经迫不及待地想从她的身上得到一点我渴望已久的讯息了。

“嘴还真甜。”她笑着说，“我女儿跟你一般大，可是从她嘴里我就没听过一句好话，整天板着一张脸，好像全世界的人都欠她的一样。”

“那是因为她身在福中不知福。”我说。

“光看你，就知道你妈妈一定很漂亮。”她说。

“怎么，我妈妈没来过你店里吗?”我装作不经意地问。

她说:“真抱歉，也许来过吧，可我还真不认识。其实我跟你爸爸也是刚认识不久，我是外地人，今年夏天才搬来这里的。”

就在失望像雨水一样漫过我头顶的时候，一个女孩推门而入。不用说，肯定是她女儿。她背了一个大书包，手里拿着一把伞，对她妈说道:“下雨了，来给你送伞。”

我立刻认出她，是我们学校的，就在今天运动会上我刚见过她。记得比赛后我口渴了，去小卖部买水喝，看见她指着那个巨大的冰柜对她身边一个小个子男生说:“可惜没有哈根达斯，那我就将就一下吧。”

男生很高兴地付了钱，三块五，还替她把冰激凌外面的包装纸撕掉，巴巴地递到她面前。那一刻我记住了她的笑，怎么说呢，与众不同，却也令我不齿。

反正换成是我，就算穷死渴死，也不会花男生一分钱。

她妈妈指着我说：“这是你同学，你们要不要认识一下？”

我很有礼貌地对她微笑。

她把伞放到墙角，只是看了我一眼，嘴里“嗯”了一声，算是淡淡地回应了一下，就转身出了店门。倒是她妈妈，很不好意思地跟我打招呼说：“你别介意啊，我家小薇总是这样，不太会与人打交道，以后还要跟你多学习。”

后来我知道，她叫阙薇，跟我同年级但是不同班。有人称她为校花。我们在学校里还偶遇过很多次，但从未打过招呼。她妈说得没错，她的确长了一张臭脸，所以我一点儿也不觉得她好看。但不知为何，每次擦肩而过，她眼底天然的敌意总令我略有不安。我一向准确而敏锐的直觉告诉我，她会是我的某个对手，搞不好某天就会站到我面前来直接对我宣战。

不过，没什么好担心的。如同每次跟我爸下棋，我看似步步惊心满盘败局，最后却总能柳暗花明独招制胜。我笃信智者必胜，能于不动声色中观赏对手从得意扬扬的巅峰跌落到捶胸顿足的境地，实属人生至爽之事。

所以，对我而言，最重要的从来都不是那些看似华丽的过程，而是最终尘埃落定的结局。

4

因为从小养成的好习惯，无论什么天气，我总在清晨五点准时醒来。洗漱完毕后，我会在院子里练会儿功，然后背上书包跑到学校，在离校门口不远的面馆点上一碗阳春面，多放一些葱花和辣油，连面汤都喝干净，心满意足地去上学。当别的同学踩着铃声一窝蜂挤进教室的时候，我早就看完了手中的半本闲书，开始背诵英语单词了。

我很用功，又聪明，加之阅读面广，成绩很快就在班上显山露水。以前那些瞧不起我、觉得我是乡下妞的同学开始愿意主动来跟我讲话，与我探讨一些问题。老师也开始信任我，让我代表班级去参加各种比赛。我努力将自己融入集体，是因为我知道，一个真正优秀的人，必须拥有在任何环境中都能愉悦生活的能力。

你真正比别人强，别人才会从心底真正地服你。

那天早上，已经是深冬了，我背着书包跑过西落桥的时候，发现那里好像出了什么事。其实最初吸引我、令我停下脚步的是路边的那辆悍马车，一看尾号我就知道，肯定是在我家门口停过的那辆。

奇怪的是，这个时刻，它怎么会停在这样的地方？

我抬头，看到桥上站着三四个人，正在往桥下指指点点。我跑过去，就听见其中一人在讲："好像是刘国栋的二女儿！"

刘国栋！听见那个"栋"字，我猛然就想到了我妈笔记本里那张撕碎的字条，心里咯噔了好几下。然后我看见旁边那人往地上吐了一口痰，恶狠狠地说："莫管！刘家作恶多端，死了也是报应！"

我从桥上探头往下一望，就看见有一个女子，披头散发地站在河中央，河水已经漫过了她的腰部，她还在费力地往前继续走着。看那样子，不是什么好事。

我没犹豫，转身跑下桥飞快地往河边冲去。我跑到河边，扯着嗓子朝她大喊："喂，你要干什么！危险，别往前走了！"

她只是回头看了我一眼，发现不认识我，又很快地转过头去，继续摇摇晃晃地前行。

我继续大喊："小心水里有毒蛇！"

她被我吓住了，停下了脚步，好像在犹豫。

就在我们僵持的时候，我看到几个男生从桥上直冲下来，带头的那个，发型真是非常奇怪，头发一根一根像钢丝一样竖着，整个儿一"钢丝头"，仿佛刚参加完外星球的战役光荣归来。

"刘二！你给我回来！"他一面叫，一面把手里的扑克牌扔得满天都是。看样子，应该是整天蹲在桥边玩"炸金花"玩到天亮的那帮小混混中的一个。

女子又回了一下头看了看岸边，不过这一回她多了个动作，从水里艰难地抬起手来，冲着我们挥了挥。

"我二姐喝高了，你们谁下去拉她？""钢丝头"跳着脚问后面的几个男的，"老子不会游泳，谁会谁去啊！"

那几个人你看看我，我看看你，全都摇摇头。

"报警吧。"有人弱弱地提议。

“刘二，你给我回来！你敢再走一步我跟你没完！”“钢丝头”继续跳着脚喊，然后从裤袋里掏出手机，哆哆嗦嗦地一边拨号一边骂骂咧咧:“打哪个号啊，110、120，还是119啊？！”

就在他叽叽歪歪的时候，我转头再看前方，差不多只能见到那女子的肩部和头部了。她一步没走稳，整个人就完全没入了水中，岸上一片尖叫声，但依然没人动。

“救人啊！”“钢丝头”扔掉手机，发出声嘶力竭的叫喊，“我给钱，一千……五千……一万！”

其实，在他喊到五千的时候，我已经丢下书包，穿着校服应声入水。

冬天的河水冰凉冰凉，但水流不急，加之她走得也不算太远，凭借我在乡下小河里练出来的过硬游泳本领，我很轻松地游到了那个女子的身边，一把揪住了她的头发。梅叔教过我，水下救人其实最怕的就是她死缠着你不放，溺水的人力大无穷，搞不好能将你一起缠死。但好在她一点儿不挣扎，压根没有求生的欲望，我也用不着多此一举一拳打晕她。不过，就算是在水里，我也能闻到她身上那股刺鼻的酒精味，天知道她到底喝了多少酒，搞不好还用一桶白酒泡过澡。我憋住气，很顺利地侧身搂住她的脖子，她也没有反抗，任我慢慢地拖回了岸边。

这时，岸上围观的人已经明显多了起来，大家帮着我把她拖上了岸，四周响起了一片热烈的欢呼声和掌声。

我跪在她身边，拍拍她的脸，她没反应，但嘴角好像有隐约的笑意，看得人心里毛毛的。

我这才看清楚她的相貌，应该年龄不大，最多不会超过二十岁。脸上化了浓妆，但早就花得一塌糊涂，长长的假睫毛掉下来一半，头发夹着泥土粘在脸颊上面，人不像人鬼不像鬼。

“女侠，她是不是死了？要不要人工呼吸？”“钢丝头”弯下腰来，谦逊地问我。

我没回答他，而是迅速抬起她半个身子，让她靠着我的膝盖，将她的手放在脖子下，双手上下摇她的双肘。她很快歪过头，几大口污水顺利地吐了出来。等她缓过劲来，半睁开眼睛，脱口而出的是一句虽气若游丝但“惊涛拍岸”的话：“给我一个帅哥，给我一个帅哥，我要帅哥……”

“帅你个头！命都帅没了！”“钢丝头”抬起手，当众给了她响亮的一耳光。可是我听他的声音，却明显带着过度惊吓后的哭音。

“小心她没淹死，倒被你打死。”我提醒他。然后我站起身来，背上书包，不顾“钢丝头”在后面的呼喊，在众人仰慕的目光下一路小跑，离开了现场。

这样子肯定不能去学校，我跑回家换衣服。我爸刚起床，见到我浑身湿淋淋的模样，吃惊地问我：“你怎么了？”

“掉河里了。”我说。

“怎么会掉河里？”他莫名其妙。

我咯咯地笑起来：“成功救了一个女的，她要自杀，我正好路过。”

“不是吧！”我爸紧张得要死，他一把拖过我，抓得我胳膊都疼了，一本正经地教训我说，“维维安你给我听好了，你还没满十四岁，你还是个孩子，爸爸让你学武术，只是为了强身健体，关键的时候能保护自己，不是让你去乱逞能的，你知道不知道？”

“爸，你什么觉悟啊！”我责备他，“从小你还教我要乐于助人，要与人为善，怎么你全都忘了！”

“爸爸这不是担心你吗！”他上上下下打量了我一番，确定我啥事儿没有，这才终于放开我说，“你快去洗个热水澡，我开车送你去学校。今天要迟到了。”

我洗完澡出来，他已经泡好姜茶给我，我咕咚咚喝完，和他一起上了车。正值上班高峰，车子多得要命，我爸一面开车，一面看表，一面摇头，一面叹息。

“还不如我跑着去。”我说。

“你还是坐着吧，我怕你感冒。”他开大了车里的空调。

“还是乡下好。”我说，“不明白你回来干吗。”

他呵呵笑：“老实说，我也有点后悔。”

“我不介意回去啊。”我故意试探他。

“那怎么行！”他说，“新房子都快装修好了，离天中高中部很近的。你顺利考上，我也就安心了。”

“听你的口气，我考上了，住校了，你就可以不管我了是吗？”

“那当然。”他开心地说，“到那时候，爸爸就可以开始新的生活了，哈哈哈。”

算了算了，我懒得拆穿他，前不久他还信誓旦旦地说生命里只有我，将来要给我当保姆什么什么的。看他这样，说不定是在花花世界里遇上了什么漂亮妞，变了心吧。

成年人，还真是不可信。

路确实堵得可怕，就这样红灯停、绿灯行，一路折腾到学校，早读课早就已经开始了。我刚下车，就看见那个服装店的老板娘，手里拎着一个保温桶，正在学校门口徘徊。

我爸也下了车，扬声问她："爱玲，你在这里干吗？"

她见了我们，像见了救星一样迎上来说："我家小薇早上走的时候忘了带饭了，我想送进去，学校还不让进。"

"让小安替你带进去吧。"我爸热情地说。

"真是太感谢了。"她把那个保温桶往我手里一放说，"她在二班，叫阙薇。学校食堂的饭菜，她吃不惯，就一点都不吃。"

我双手接过那个沉甸甸的保温桶，闻到她身上一种特殊的味道，忽然觉得心里有点酸酸的。从小到大，我好像都没有享受过这样的待遇，除了晚餐是钟点工阿姨做好的以外，我的早餐和午餐一向都是自行解决。虽然我打小就不是那种娇生惯养的女孩，但并不代表我内心对此没有失望和缺口。

我又想到，如果我妈妈还活着的话，也像她一样年轻漂亮吧。我们应该可以像姐妹一样，一起聊天，一起逛街，一起欺负我爸爸，她给不给我送午饭都没有什么关系。

可是除了和我一样寂寞的小小安以及阁楼上一语不发的箱子，关于她，我还有什么呢？

我什么也没有。我甚至连她的过去都一无所知。我心里这个遗憾的洞，该如何才能填满？

“快去呀，发什么呆！”我爸拍了我背一下。

我抱着那个保温桶跑到学校门口，回头望，发现那个女的上了我爸的车，我爸正弯腰替她开车门，看样子是要顺路把她送回家。

唉，他自己就是这样一个滥好人，还好意思说我。

课间操的时候，我拿着那个保温桶到初一二班找阙薇。他们班跟我们班在一幢教学楼，只不过我们在二楼，他们在三楼。我刚爬上三楼就看见了阙薇，她穿着校服，头发扎成马尾，正靠在走道的墙边和两个男生聊什么。

我走近了，把保温桶递给她说：“你妈妈叫我拿给你的。”

她稍有些吃惊，但还是很快地接过去，并跟我说谢谢。

我刚转身，就听见她在我身后笑着对那两个男生讲：“我们家阿姨做的饭菜真的太难吃了，我故意不带的。我妈真是烦，老说什么学校饭菜没营养，吃了不长个儿，生鱼片什么的都快把我吃吐了！”

“你想吃什么，我中午出去给你买啊。”有个犯贱的男生问她。

“我没胃口。”她说，“反正也在减肥！”

“不会吧！”男生惊呼说，“你这么瘦还减！”

“或者你去给我看看，有没有出前一丁的方便面，我在日本的时候最爱吃，不过国内总是买不到。”

我莞尔，忽然就觉得，我一点儿也不嫉妒她了。我虽然没有妈妈亲自送上门来的爱心午餐，但是我拥有的东西一定比她多得多。亦舒不是还说过这样的一段话吗：真正有气质的淑女，从不炫耀她所拥有的一切，她不告诉人她读过什么书，去过什么地方，有多少件衣服，买过什么珠宝，因为她没有自卑感。

我看那个叫阙薇的，真是自卑到一定境界了。

5

我救人的事，不知道为什么就在学校传开了，就连班主任也特意把我叫进办公室，要我讲述事情的来龙去脉。

“不是我。”我矢口否认，“没有的事。”

“那还真怪了。”老师说，“有经过的同学一口咬定是你。”

“可能是因为我长了一张大众脸吧。”我说。

我出了办公室就看见花枝，她靠在操场边的一棵树上，手里捏着的依然是她最爱的蒜香青豆。见我走过，她不屑地说：“那么搏命演出，就因为对方是富家千金吧？果然跟你妈一样，做梦都想嫁进豪门。”

我站定，命令她：“你说什么？再说一遍。”

“有错吗？”她说，“谁不知道你妈是个地地道道的拜金女！”

我冷静地对她说：“你信不信，一分钟之内，我可以把你倒挂在这棵树上。”

“你根本不是什么英雄，你的基因决定了，你就是一个小人！”她说完，勇敢地和我对视了三秒，最终还是选择投降，飞快地跑远了。

那一刻我真庆幸我妈是领养的，如果我的基因跟花枝一样，我真不如在前面这棵大树上一头撞死算了。

本以为这件事就这样过去了，哪知道周五放学，我刚走出校门就被一个男生挡住了去路，并用他蹩脚的英文跟我打招呼："嗨，女侠，it's me（是我）！"

我定神一看，竟是那个"钢丝头"。不过这一回他的发型又变了，不再竖在头上，而是染成了深紫色，刘海又长又斜，乍一看就像是在商场门口玩角色扮演的人戴的那种假发，相当出位。

见我认出他来，他双手抱拳对我说道："在下要麻烦女侠跟我走一趟！我二姐急着要见她的救命恩人，快急出病来了。"

"她没事了吧？"我问。

"放心，完全O那个K！话说那天她失恋了，酒又喝多了，都不知道自己在干什么。酒醒了以后她吓得半死，对你更是感激不尽！我敢保证，要不是这事不光彩，她指定敲锣打鼓来你们学校送锦旗了！锦旗上就写：恩人维维安，谢谢你给了我第二次生命！"

"你怎么知道我的名字？"我警觉地问。

"初一九班，维维安小姐。"他轻佻地扯了我校服一下说，"哦对了，你可能不知道吧，这是我的母校，里面有很多我的线人。"

见我拿眼瞪他，他马上又知趣地说："你可千万别有啥异样的感觉，在下对女侠断然不敢有任何非分之想！"

不明白他来找我的意图，我觉得我还是小心点好。于是我伸出一根手指指着他，警告他说："不许跟着我，不然直接把你扔到河里去！"

"不不不！你完全搞错了，不是我跟着你，是你要跟着我！"他表情夸张地说，"我二姐下死命令了，今天无论如何都要找到你。如果我连这点小事都办不好，她一定会挑断我的脚筋，戳瞎我的双眼，剥了我的头皮，把我扔到油锅里炸香了，直接拿来喂狗！"

"那关我什么事？"

"你是侠女呀。"他油嘴滑舌，"路见不平，还能不拔刀相助吗！"

"你叫什么？"我问他。

他甩甩头发说："免贵姓刘，刘就是姓刘的刘，翰是很难写的那个翰，文嘛随便什么文都好。"

"我那天救的人是你姐？"

他伸出两只爪子在空气中猥琐地抓了两下，朝我一挤眼："是我二姐刘波，波嘛就是女生的那个，波波，你懂的，哈哈哈。"

"那天路边停的那辆悍马又是谁的？"

"是我爸的。"他说，"怎么？"

"没事，带路吧。"我说。

他一听我答应去，立马乐了，喜滋滋跑到路边拦了一辆出租车，他坐在前面，我坐在后面。我听到他对司机说："去易龙。"

我知道易龙，那是年轻人聚集的一个商场，离我们学校很近，公交车两站路，如果步行过去，也不过十分钟而已。

我说："有必要打车吗，那么近。"

“赶时间啊。”他说，“话说你对我爸那辆车好像比对我们姐弟俩更感兴趣。”

“是的。”我说，“我喜欢那车，很霸气。”

“你的意思是，像我吗？”他“臭屁”地问。

“不像。”我老实地答。

出租车不到五分钟就飙到了目的地。我下车，又看见了那辆悍马，就停在停车场的最外面。我发现我的心跳得快起来，说不定那个叫刘国栋的人，此时此刻就在里面。如果我们撞见，他认出我来，我该怎么办呢？是不是可以直接问他：“你认不认识我妈妈？”

见我盯着那辆车看，刘翰文拖我一把说：“你这么喜欢，回头让二姐开这车带你去兜兜风！”

“不是你爸的车吗？”我说。

“我爸出差在外，就被我二姐偷用了！”他说，“这里五楼是我二姐开的 KTV，刚开业，以后没事你常来玩。”

“你们都很喜欢唱歌吗？”我问他。

“当然！”他在电梯里摇摆着身子问我，“你呢，都会唱什么？”

“国歌。”我说。

他看了我一眼，评价说：“幽默！”

不过我也没撒谎，尽管我喜欢音乐，但那些情情爱爱的流行歌曲，很少有一首能打动我。

电梯在四楼停了下来，刘翰文告诉我，他二姐的办公室在四楼。他带着我弯弯绕绕，一直来到走道最顶头那一间。推开门，我就看见了一个女生，把腿跷得高高的，正在打电话。这回她没有化浓妆，头发也扎了起来，以至于我完全没法认出她到底是不是我从河里救起来的那个妖孽。见到我们，她迅速挂了电话，起身迎接。

刘翰文从后面推我一把，大声对她说道：“刘二啊，历尽千辛万苦，我终于把你的救命恩人带来啦！”

“谢了。”刘二说。

“废话！小爷我什么时候掉过链子！”刘翰文一面说着一面朝她摊开手掌。她拿出钱包，给了他好几张红票子，吩咐他说：“就这么多了，我警告你啊，输掉内裤什么的别再来找我，让你妈给你送遮羞布去！”

“你又不是不知道，俞洁同志早已经主动放弃对我的监护权了！”刘翰文说完，把那些钱塞进屁股口袋，在一秒钟之内消失得无影无踪。

俞洁！听到这个名字，我脑袋里像有一群蜜蜂飞过，嗡嗡嗡乱响了好一阵。混乱之后，我脑子里闪过这样一堆关键词：栋，鲜血；俞洁，大红叉；扔在我家地板上的水杯；一万元的见面礼。我再也不怀疑这家人确实和我妈曾经有着千丝万缕的联系。如此说来，我和他们的认识，算不算得上是命运在冥冥之中的安排呢？

刘二拖过一张椅子招呼我说：“坐啊，别客气。”

淡妆的她其实还挺漂亮，特别是嘴唇，性感而又丰满。她今年多大，十九？二十？如果是的话，我爸妈离开这里的时候她应该是五六岁，不知道她会不会对我爸妈有印象。

“我姓维。”我试探地说，“维持的维，这个姓你听说过吗？”

“还真没有。”她说，“我叫刘波，不过大家都叫我二姐，你也可以这么叫。”

“你跟刘翰文长得不太像。”

“哦，我们不是一个妈。”她大方地说。

我的目光忽然被对面的“照片墙”所吸引，整整一面墙，贴满了各种各样的照片，有彩色的，也有黑白的，各种尺寸，各种风格。

我站起身来走近照片墙，指着其中一个漂亮的小姑娘问她：“这是你小时候吗？”

“这是我在丽江拍的，路人而已。”她说，“其实连名字都不知道。”

“你一定去过很多地方吧？”我羡慕地问。

“大半个中国吧。”她说。

“这些照片全都是你拍的吗？”我问她。

“准确地说，是我年轻的时候拍的。”她笑着说，“我爱过一个摄影师，不过那是很久以前的事了，久到我自己都快忘记了。”

“但你还留着这面墙。”

“哈哈。”她笑，“我留着它最主要的目的，不是怀念，而是让它时时刻刻地提醒我：刘二，你曾经是个傻瓜，你以后不能再是一个傻瓜，就这样。”

“没有全家福吗？”我一张张照片找过去，希望能找到俞洁，看看她到底长什么样。

“全家福？太土了吧。来吧，小安，我们来说点正事。”她招呼我走到她身边，当着我的面打开抽屉，从里面拿出一个厚厚的信封，推到桌子前方，说，“我今天请你来，一来是想当面向你表示感谢，谢谢你那天救了我；二来是为了兑现承诺，听说翰文当时在岸边许下承诺，谁肯下水救我，就给谁一万元。”

“我救你，不是为了奖金。”我说。

“这我当然知道。我也知道这个小城里，有很多人恨我们刘家，特别是恨我爸爸，他们觉得，他为了私利，毁了他们的家园。其实，他们忽略了我爸为这个城市所做的贡献，要不是我爸，西落桥那边就是一个永远的垃圾场。小安，这笔钱请你务必收下，我不想别人觉得，我们刘家是那种说话不算数的人家。”

“你放心吧，这个城市每天有那么多新闻发生，我不说，你也不说，大家很快就会忘了这件事。”

“这里是一万块！”她拍了拍信封，仍然有点不相信我的拒绝。

“收回去吧。”我说，“交个朋友。”

她好像被我说的“朋友”两个字打动了，看了我好一会儿，终于慢慢地把信封放回抽屉。不过忽然间，她又从抽屉里抓出一把糖来递给我，有点不好意思地说：“你第一次来做客，我总得款待你点啥吧。”

为了让她好过一些，我接过来，麻利地剥开一粒，丢进嘴里。

酸酸的香橙味，小时候的味道。

“好吧，就让我来试试，如何跟一个十四岁的小朋友做好朋友。”她拍了一下手，深吸一口气，好像做了一个很大的决定一样。

我正担心她是不是嫌我太嫩的时候，她很快又补充说：“不过小安，我觉得，你和其他任何一个十四岁的小姑娘都不一样。”

好吧我承认，其实她说得没错。

6

春天再来的时候，我的人生已经有了诸多变化。我升入初二，个子长高了，我当了班长，我们搬入了新家，我和刘二，也成了真正意义上的朋友。

新家在一个高档的小区内，是顶层，还有个很大的屋顶花园。我爸特意在花园给我放置了一架秋千。说起来这真是很滑稽的一件事：小时候他希望我像个男孩，大大咧咧一往无前，但随着年龄的增长，我没有公主病，反倒成了他的心病。就在前不久，他还专门找来那个服装店的老板娘替我量身定做新衣，各种款式各种花色各种布料，但我还是宁愿整天穿着我的校服和运动服，外面再套上我灰扑扑的羽绒服。

没什么，就是自在。

我把那些新衣服统统扔在衣橱里，让它们睡大觉。对此我爸极为不满，吃饭的时候，他忽然问我：“爱玲阿姨给你做的衣服，你怎么不穿呢？”

我回答他："没合适的场合啊。"

"又不是晚礼服，要什么场合。"他哄我说，"明天穿上呗！"

我说："你对那些衣服那么关心，是因为它们很贵吧？"

他说："怎么会！布料是我们自己的，人家友情帮忙，只收了一点点手工费。"

手工费！还真想得出！那个叫什么爱玲的老板娘，一看就是在打他的主意。我不否认她很漂亮，但是漂亮又不能当饭吃，光看看她女儿就知道她心术肯定正不了。并且有一次我亲耳听见她跟我爸讲，要是将来她家小薇考不上天中，还要请我爸帮忙什么的。我爸那个傻瓜，这边动不动跟我说维维安你要自己努力考上天中哦，爸爸最不喜欢求人，那边却拍着胸脯对她说没事没事全包在我身上！你说我气不气？

所以，我才不要穿着她做的廉价衣服，替她做免费的模特，好让她以此为砝码，趁机向我爸提出更多非分无礼的要求。

"你觉得爱玲阿姨手艺如何？"偏偏我爸还在不依不饶地问。

"就那样吧。"我吞下一大口饭。

"怎么会呢？"他说，"大家评价都很不错啊。去年她替我们厂设计的几款服装，投入市场反响都相当不错，有一款在网上好几次卖断货。"

"那她也应该赚了不少吧。"我说。

"双赢。"我爸嘿嘿笑。

"小心被人骗，别忘了你自己是黄金单身汉！"看他那忘形的样子，我觉得实在有必要提醒他一下。

“胡扯啥！”他骂完我，忽然很紧张地问我，“听说现在的孩子都早熟，在学校里都成双成对的，到底是不是这样？”

“是啊。”我说，“这有什么好奇怪的。”

他把筷子拍到桌上，一本正经地告诫我：“维维安我告诉你，你不可以乱来啊，不然我一定家法伺候！”

“那你也不许乱来。”我说，“别说我没提醒你，做生意这种事，千万不能和感情搅和在一块儿。”

“说什么乱七八糟的呢！”他装作完全听不懂我在说啥，重新捡起了筷子开始扒饭。

我点到为止，暗自得意。

吃完饭是我洗的碗，新厨房真大，热水放起来哗啦啦的，水像鱼儿一样游过手背。空气中有我刚洒的空气清新剂的芬芳，苹果味的。新家的一切全都是新的，旧房子里的家具因为都用不上，所以全没带过来。离开那儿的前几天，我发现我爸在小阁楼的门上细心地钉上了小木条。只是他不知道，小阁楼的窗户早已经被我做了手脚，看似关上了，但只要从外面稍稍用力一推，就能顺利推开。

我偶尔还是会回去看一看，但那只是我孤独的纪念，无人知晓。

更多的时候，我喜欢去刘二那里坐一坐。我最初接触刘二的确是怀着某种目的，但后来我开始真的喜欢上她，这个外表一片沸腾，内心却藏着一块巨大坚冰的女孩。我喜欢有故事的人，喜欢陷在她办公室那个柔软的沙发上听她长篇大论地跟我说故事，说她混乱的家、她走过的地方，以及她那些五花八门的恋情。

刘国栋一共娶过四个女人，刘二的母亲是刘国栋的第三任妻子，刘国栋在刘二一岁那年丢下她和她母亲，跟刘翰文的妈妈结了婚。因憎恨父亲的无情，讨厌母亲的逆来顺受，刘二有过极为叛逆的青春期。她十四岁那年，母亲改嫁，做了别人的继母。刘二选择了离家出走，陆续走过很多地方，认识了很多的男人。每一次爱，她都是飞蛾扑火，燃烧死去，再凤凰涅槃。最刻骨铭心的是她曾经跟一个快四十岁的老男人在一起生活过两年，那是一个所谓的摄影师，热爱单反，穷困潦倒。为了他热爱的某款哈苏镜头，刘二曾经被逼去当坐台小姐。但这段爱情最终无果，他们大吵一架，用最恶毒的话攻击对方。为了彻底决裂，刘二当着他的面跟年轻的男孩亲热，并开口叫他爹爹，在对方灰败的表情里与过去的自己说再见。

之后她又谈过无数次恋爱，但时间最长的也不会超过三个月。刘二曾给我展示过她手腕上的伤疤，那些都是她失恋后用小刀或者烟头给自己留下来的。虽然经过岁月的洗礼，伤口已经变淡，但那些蜿蜒的痛，却还清晰可见。父亲在山东找到她的时候，正好是她十八岁的生日，她和三个男人同居一屋，白天睡觉，晚上出没，日子已经坏到不能再坏的地步。

她问我："你知道我为什么肯跟着他回来吗？"

我说："绑你还是求你？"

她摇摇头说："都不是，是我看见了他的白头发。我忽然想起上一次见他，他还是个年轻人，跟姑娘们讲起段子来精神抖撒，怎么一眨眼，他都变成老头了？于是我就跟他说好吧，我们回家。”

流浪归来的她洗心革面，在父亲的帮助下开了一家 KTV，取名“花样年华”，经营得也算有模有样。只是，她每隔一段时间必然会喝醉一次，哭着喊着要帅哥，酒醒之后，爱情又变回生活的调味品，看似可有可无。

周末我爸出差去了外地，我无聊去找刘二玩，刚走到她办公室门口，就看见有个男生，穿着天中高中部的校服，神情悲伤地蹲在那里。我上周见过他，还看见他在餐桌下面悄悄去牵刘二的手。刘二笑得千娇百媚，像个情窦初开的小弱智。

“小安，”男生说，“你来得正好，她不肯见我。”

“那你就走吧。”我说，“等她想见你，自然会打你电话。”

“我不想分手。”男孩哭丧着脸说，“我就要高考了，完全没法静下心来复习。她是我学习的动力，我们还说好一起去巴黎，没有她我怎么办？”

我在门外喊刘二的名字。门终于打开了，但是只开了一条缝，刘二都不露脸，只是伸出一只胳膊说：“只准小安进来！”

我握住她的手，她拖我进去，门在我身后迅速地关上了。

我说：“他很可怜，你真不理？”

她笑着说：“你这么心疼，把他收了？”

“我嫌他老。”我说。

“那就让他继续蹲着吧，过了今晚，他就会好的。男孩嘛，都在受伤中长大。”看她的表情，听她的语气，就好像外面那个脚都快蹲断掉的痴情郎跟她没有半点关系似的。

男生忍不住，终于还是敲门了。刘二朝着外面高声喊道:“快滚回去上课，不然永远都别想见到我！”

门外很快安静了，好半天也听不见声响，我问刘二:“真走了？”

“可不！”刘二胸有成竹地说，“他怕我翻脸。”可惜她话音刚落，敲门声就又激烈地响了起来。这回刘二没了面子，杀气腾腾地冲到门边，拉开门大声骂道:“你信不信我叫保安把你拖走！”

冲进来的人是刘翰文。他脸色发白，靠在门上喘着气对刘二说:“出事了。”

“不借！”刘二干脆地说。

刘翰文哆哆嗦嗦地说:“实话告诉你吧，这次钱也搞不定了，弟弟我恐怕是真的要坐牢了。你记得给我送饭，糖醋排骨多放点糖。”

刘翰文平日里嘻嘻哈哈惯了，总是一副天塌下来也跟他没关系的慵懒样，但看他现在这个样子，谁都知道不是开玩笑。

“啥事，快说吧！”刘二也有点紧张了。

“我泡了王大头的妹妹。”刘翰文说。

“然后呢？”刘二淡定地问。

“然后，我和她……”

“继续。”刘二说。

“结果她怀上了。”

刘二朝他大吼一声:“你能不能一次性给我说完！”

“她去医院打胎，没想到大出血。她的血型又很奇怪，听都没听说过！从小医院转到大医院，路上又折腾了半天，现在还在抢救室，医生说，可能命保不住了。她家里人搞不好都报警了。”

刘二问，“她多大？”

“十五。”

“挺好。”刘二说，“你真有出息。挺好。”

“怎么办，姐？”从我这个角度看过去，刘翰文整个人缩在那里，脸越来越白，嘴唇却变得青紫，整个人完全尿了。

刘二在办公室里来来回回绕了两圈，终于站定了，对着刘翰文说了两个字：“好办！”

刘翰文抬起头，欣喜地问她：“你想到什么好法子了？”

刘二说：“我这就去买本菜谱，看看糖醋排骨怎么做！”

刘二话音刚落，刘翰文抱住头，呜呜呜哭了起来。

7

有时候，我真的很难理解刘家姐弟之间的那种情感，我曾见过他俩当众掐架，也曾见过他俩低头共享一个饭盒里的食物。他们相差三岁，不知道是不是同父异母的原因，性格迥异，爱好迥异，长相也迥异。不过有一点我敢肯定他们是一样的，那就是他们对花心的父亲并无太多反感，反而对彼此的母亲，都怀着不同程度的恨。

“别想了。”刘二终于还是心软，安慰刘翰文道，“有二姐在，天塌不下来。明天早上我去医院看看再说。”

刘翰文感激地看了她一眼，然后走到长沙发前，躺下去，用沙发上的小靠垫盖住头，很快，靠垫下面就传来了他轻微的鼾声。

刘二去柜子里找了件厚衣服给他盖上，又帮他把靠垫从脸上拿下来，垫到头下。

我默默看着她做完这一切，称赞她说：“我感觉你浑身都散发着母性的光辉。”

她忽然问：“你是不是特别看不起他？”

我点头。

她叹息：“其实他也有他的痛苦。有一天你可能会明白，虽然你没有妈妈，但其实比我们都幸福。”

那天晚上，我梦见了我妈妈。她在水里漂浮着，水很清，她的头发像浓密的水草，眉毛像弯弯的月牙，皮肤在水下白得透亮。

我贪婪地看着她的脸，这是我第一次可以如此近距离地看着她的脸。我告诉自己无论如何都要记住了，记清楚了，永远都不可以忘记。

她伸出一只手，在我的额头上轻抚了一下，我一动不敢动，生怕她会无端地消失。

她的手忽然离开我，放在她自己的胸口说道：“小安，快救妈妈，妈妈呼吸不了了。”她一面说，一面开始急促地喘气。

我伸手去拖她，可是怎么也拖不动。我去拉她的胳膊，想把她扛起来，但是，她轻若无物，我一点力也使不上。

她的脸在我眼前无限放大，突然，她不知道从哪里掏出我常带在身上的那把小弹簧刀，一下子挑破了自己的喉咙。我失声尖叫，大量红色的水涌进我的嘴巴、鼻孔、耳朵。我在那个奇异的梦里几乎死于窒息，直到刘二的电话把我吵醒。

“小安，该起了。”她说。

我还在那个惊悚的梦里，整个人呈假死状态，喉咙半天发不出声音。

“你怎么了？”刘二问，“你在不在听我讲？”

我对着电话就哭了出来。

我一哭，她急了，连声安慰我说：“别哭了，是不是失恋了啊，多大个事！回头二姐发两个帅哥给你，保证比玄彬还帅。”

“没事了。”我深深呼吸，逼自己尽快缓过劲来。这样情绪失控，对我来说还是人生第一次，只因为梦里的那个她，实在真实到不可思议。

“别忘了我的事。”她提醒我。

我当然没忘——陪她去医院。

躺在医院生死未卜的那个女孩姓王，叫嫣然，是三中的学生，跟我同级。因为怕被女孩的家人认出，再生什么枝节，刘二不方便露面，所以请我帮忙到医院里面去打听一下女孩到底怎么样了，再根据她的实际情况想对策。

她给我一个信封，里面放了一万块钱，让我见机行事。

中午时分的医院静悄悄的，我问了好半天才知道女孩已经脱离危险，刚从特护病房转到普通病房。

我很容易就找到了她，她安安静静地躺在那里，正在挂点滴。看她眼睛闭着，估计应该是睡着了。

病床边坐着一个中年妇女，见我进去，很警觉地问我："你找谁？"

我轻声说："我是嫣然的同学，来看看她，她怎么样了？"

她飞快地站了起来，用双手把我往外推："你快出去吧，她重感冒，需要休息，小心传染给你。"

"没关系，我不怕的。"我说，"老师安排我给她补习，所以我来看看她什么时候可以好起来。"

"她好了我通知你。"她看上去很不耐烦，继续赶我走。

就算不能接近，至少有一点我能肯定了——人还活着。无论如何，这都是好事，刘二交代我的任务也算完成了大半。我正准备离开，忽然听见躺在床上的女孩发出了一连串痛苦的呻吟声。女人连忙跑到她床边问："你怎么了？"

"痛。"女孩说，"姑姑，我肚子好痛。"

"你等着，我去找医生。"女人说完，就急匆匆地朝外面跑去。她刚一出门，女生立刻艰难地半坐起来朝我招手，我心领神会地朝她奔过去。她附在我耳边飞快地说："告诉他，死都别承认。我会咬死不关他的事。"

"你怎么知道我是谁？"我吃惊地问。

"我听见你撒谎，就知道你是他派来的。"她虚弱地说。

"我是二姐派来的，二姐让你宽心，她说等你好了，一定还你一个公道。"

“我不怪翰文，就是不知道他会不会很恨我。”

“怎么会，他很担心你，吃不好睡不着。”

“是吗？”

听我这么一说，她竟然吃力地微笑了。我怕她吃不消，连忙扶她躺下。看着她苍白的小脸，还有露在外面插着粗针头的纤细的胳膊，想着她跟我不过一样年纪，却要经历这些不同寻常的痛，自己刚从生死边缘挣扎回来却还牵挂着那个不负责任的浑小子，我心里不免庆幸自己还没被什么丘比特的箭胡乱射中，落到这般凄惨的境地。

如果这就是所谓爱情，那么爱情这件事，我还真愿意永远无知。

我来不及说更多的话，她姑姑已经带着医生飞奔进来。我悄悄退出病房，怀着复杂的心情走出医院的大门，刘二的车就停在百米开外。我上了车，对她说：“放心吧，没事了。”

“人活着？”

“活着。”我把口袋里那个装钱的厚信封掏出来递还给她。

“不肯要？”刘二松口气问。

“她说她死都不会把刘翰文供出来，还怕刘翰文生她气，我就没掏钱，怕推来推去的被她家人发现，反而不好。”

“畜生！”刘二沉着脸说，“我以后再犯贱管他这些破事我也是畜生！”

“做到才算你狠。”她这人就是这样，刀子嘴，豆腐心，自以为精明，却稍不小心就会被人钻了空子。

“心情不错，我先领你去看场电影。先不告诉刘翰文，再给他两小时让他好好规划一下狱中的生活。”刘二说着，车子左拐上了一条道，却又忽然想起来，“不好，这条路不太好走，这两天西大街在拆迁，总是堵得水泄不通。”

“西大街拆了？！”我吃惊地问。

“是啊！”她说。

“快，你带我去看看！”我说。

“搞不好已经一片废墟了，有什么好看的？”她不解。

“快呀！”我催她。

她拗不过我，只好开车带我去。一路上，想着昨晚的梦，我的心怦怦乱跳，难道这是某种暗示吗？

路果然很堵，离那里还有半里路，车就不能再开过去了。路边挤着很多的人，几十名戴着印有“警察”字样头盔的人，身穿迷彩服，有的手上还拿着警棍和盾牌，拉了条黄色的警戒线在维持秩序，不让外人进入拆迁现场。我刚跳下车，就看见一个披头散发的中年女人被好几个人架出来，扔到马路边，她就坐在地上呼天抢地地哭，也没人管。

从这里到我家的老房子，步行至少需要十五分钟。我试图步行过去，却被一名工作人员虎着脸拦下，告诫我说：“这里面危险，不能进。”

“我要去找人！”我说。

“找人打电话！”他还是不让。

“小安你要做什么？”刘二也跳下车来拉住我说，“那里面可去不得！”

我甩开她，不顾一切往里面冲。那个警察上来拦我，被我一把推得老远，差点摔倒，又上来一个想抱住我，也让我成功躲开。我如一只敏捷的兔子，不顾众人的阻拦，直奔我家方向。远远地我就看见，好多台推土机正在疯狂作业，四处尘土飞扬，那片土地像是被原子弹炸过或是被大地震摧毁过，看上去特别夸张。

我在废墟上来回奔跑，试图确认我家房子的方位，但是，失去参照物的我一片茫然。

“喂，这里不许待，赶紧出去！”有好几个人朝我走过来。他们都戴着头盔和口罩，走在最前面那个，应该是领头的，朝我用力挥着手里的对讲机。

我连忙拉住他问：“3弄22号在哪个方位？”

“还有什么3弄22号？”那人揭下口罩，冲着我大喊，“这里全拆光了，难道你看不见吗？”

“我要找原来的3弄22号！谁清楚在哪里？”

“把这个小丫头给我揪出去！”

那人一定被我的固执伤到了，大声命令他身后的人。只可惜他们动作远不及我快，不过一瞬间，我已经掏出我的弹簧小刀，跃到那个负责人的背后，用刀尖抵住了他的脖子，在他耳边冷静地说道：“我也不想伤你，所以你最好别动，帮我找到3弄22号，我就放开你。”

他显然没想到我有这般功夫，过了好半天才回过神来，对站在对面同样震惊的三个人说道：“快去找胡主任！”

他们急慌慌地打了电话，没过一会儿，那个胡主任就屁颠屁颠地跑过来了。我认出来，他是我们这边的居委会主任，一个大胖子，我应该见过他，只是不熟而已。看到眼前的场景，他吃惊地说："你是维厂长的女儿吧？快别这样，快放开叔叔，我带你去找你家。有什么事情咱和平解决，和平解决。"

我收起刀，放开那个人。他倒吸一口凉气，神情紧张地摸了摸脖子。我没说话，但弯腰表示向他道歉，也许是我的礼貌打动了他，他大度地挥了挥手示意我离开。走了好几步，我回过头，发现那几个人都没跟上来，但一个个都紧盯着我在看。

大约走了五分钟，胡主任指着前面说："你家应该就是在这边，但具体方位我还真说不清楚。"

我四下张望，希望能找到点有用的线索。

"小姑娘，丢了什么东西让你爸爸再买，这里找不到了，赶紧出去吧，危险。"

胡主任走到我身后劝我，就在这时候，我眼前一亮，看见了一根破旧的拖把。那应该是放在我家院子里的一根旧拖把，对，就是这里！

我跑过去，跪在地上，用手去搬那些巨大的土块和碎瓦。我希望能看到小阁楼的木头窗户什么的，但是除了土和断裂的钢筋我一无所获。

因为没有工具，手指很快就被划破了，但我顾不上那么多。我疯狂地用手指扒着那些鬼玩意儿，希望可以见到奇迹。我恨自己的无能，我恨我爸，恨他整天在外面忙，任由最珍贵的我妈的纪念物就这样被埋葬！

胡主任又过来拖我，我红着眼让他滚开，那些熊熊的恨点燃了我，以至于我完全无法控制自己。想着昨夜梦里决绝的她，我脑子里唯一的信念就是，哪怕今天把手挖断，我也必须把她的箱子给挖出来！谁也休想阻拦我！

胡主任用一只手握着手机，努力往我面前伸，哄我说："小姑娘，你来接个电话，你爸爸的！他说你要的东西在他那里。"

我跪在地上，喘着气把手机接过来，电话那边立刻传来我爸咆哮的声音："维维安，你到底要搞什么！"

"我要箱子！"我说。

事到如今，我也不想再跟他遮遮掩掩了。

那边沉默了好几秒，这才回答我说："乖，爸爸晚上回家，你在家里等我，我给你箱子，好不好？"

我把手机还给胡主任，不能确定我爸是不是在骗我。我摇摇晃晃地站起身来，看着满地的黄土和漫天的灰沙，似乎把半边天都染灰了。我的指尖破了，还在滴血，但是我已经麻木，不知疼痛。

我任由胡主任牵着我走出去，刚过警戒线，就看见刘二直冲了过来。她一把抱住我说："小安，你没事吧，急死我了，他们不让我进去！"

我朝着她摇摇头，努力微笑，可是眼泪却好像遮住了我的眼睛。

"把她看好，刚才多危险啊。"胡主任对刘二说，"还有啊，以后无论如何都要把她的刀给没收了，小姑娘家家的，带把刀像什么话！”

“刀？”刘二丈二和尚摸不着头脑。

我快步往车子那边走，刘二穿了高跟鞋，跌跌撞撞地跟着我，一边小跑一边问：“小安，我怎么觉得我一直都搞不明白你？”

当我坐在她的办公室，让她给我清洗手上的伤口的时候，她又把这句话重复了一遍。她说：“小安，我怎么觉得我一直都搞不明白你呢？”

我紧闭着嘴不说话。不奇怪，其实很多时候，我也搞不明白我自己，搞不明白我的欢喜和悲伤、我的倔强和别扭。

我从来都有足够的自信和耐心，去等待去追寻我想要的一切。我明明可以缝补这坏得不成样子的世界，但此刻，不知为何，我强大的自信却如往日那一大片房屋，顷刻间全都土崩瓦解了。

这种感觉，还真不算太好。

8

夜里十点，我爸赶回来，在屋顶花园找到我。我在秋千上晃着不说话，等他先说。他拉了小花坛旁边的一张小椅子坐下，点了一根烟。我知道他并无烟瘾，除非很烦躁，才会吸上两口。果然他已经什么都知道了，责骂我说：“公共场合，居然持刀对着别人的脖子，简直让人不敢相信！这回算你命好，别以为你未成年，人家就不会把你抓起来！”

“抓起来也好。”我说，“你也省心了！”

“还顶嘴！”他凶我。

懒得跟他绕来绕去，我直入主题：“箱子。”

“什么箱子？没有箱子。”他矢口否认。

“放在小阁楼上的箱子。”

“那是钟点工阿姨的，她拿走了！”

“你撒谎！”我揭穿他，“那明明是我妈妈的，里面的东西全都是她的！”

“维维安，你开过那口箱子？”他大惊。

“是的。”我坦白。

他按灭烟头，愤怒地说：“你知不知道，我最讨厌你搞这些小滑头！”

好吧，讨厌。就算我能理解他的讨厌，我也完全不能理解他的愤怒到底从何而来。我是我妈的女儿，我不过碰了本来就应该属于我的东西，有什么过错呢？

“你听着，以后不许这样！”他一本正经地说。

“怎样？”我仰起头问他。

“做事情，要用脑子。有什么事，也可以直接跟爸爸说。”

“那你直接跟我说吗？”我说，“我长这么大，我妈妈到底是什么样，她做过些什么，她喜欢什么，她讨厌什么，我都一无所知，你觉得这对我公平吗？”

“你听好，”很明显他在耐着性子，“你妈妈已经死了。”

“是的，死了！”我朝着他大吼，“就因为她死了，所以我才要那口箱子，不可以吗？”

“不是不可以。”他吞了吞口水，艰难地说，“可是，这有什么必要呢？”

“有！”我说，“因为她是我妈妈，我是她唯一的女儿！维大同，我告诉你，你最好把它还给我，你最好把我妈的故事从头到尾讲给我，不然，我迟早会用我自己的方式去调查得一清二楚！”

“你这是疯了吗？”他张大嘴。

“随便你怎么想。”我说完这一句，就跳下秋千，直接跑到了楼下。他紧跟着我跑下来，对我招招手，息事宁人地说：“好吧，小安，我想我们需要好好谈一谈。”

“只谈我妈，不然免谈。”这一次我必须得强势点。

“你先坐下。”他招呼我。

我正想坐，忽然就看见茶几上放着一个方形的首饰盒，很精美，一看就是女人的东西。我伸手要去拿来看个究竟，他拦住我，心怀鬼胎地捂住盒子说：“没什么好看的。”我在他腰眼上用力捣了一下，趁着他弯腰的当口我已经顺利抢到那个盒子，跑到一边打开来，看到里面装着一条特别美的珍珠项链，那珍珠一粒粒圆润、晶莹，肯定价值不菲。

“哪儿来的？”我举着那个盒子问他。

“还来！还来！送客户的，你拿着没用！”

“什么客户？”我问他。

“咦，你管我的事干吗？”

“我喜欢，我要了。”我说。

“维维安你抽什么风！”看样子他是真的生气了。

我把那根项链从盒子里抽出来，在他眼前晃动着说：“这是你拿来送女人的对不对？你已经完完全全把我妈忘了对不对？你把属于她的东西统统埋葬，也就能埋葬你的记忆，重新开始你的新生活了对不对？”

说完，我当着他的面用力地将那根项链掷到地上，那些昂贵的珍珠骨碌碌撒了一地。

他扬手就给了我一耳光。

其实，在他抬手的时候我就发现了，本来我可以轻松闪开，但我偏不，我就要让他打我，打得越重越好，最好留下斑斑血迹，才能更好地证明他的白痴和绝情。要知道，从小到大，他没有碰过我一根毫毛，那么今天，他这一巴掌到底是为谁而打的呢？这个该死的负心汉，大白痴！我瞪了他一眼，走到门边，穿上球鞋，离开了家。

他没有来追我，只是低头去捡他的宝贝珍珠。

我是他的宝贝吗？我可能从来都不是。

跑出楼道，迎着春天夜晚潮湿的风，我在大街上晃着，无处可去。这么晚了，我也不想去打扰刘二，让她担心。住在这个我热爱的城市，我却始终像一个陌生人，真是一厢情愿的可悲。不管今晚我在哪里过夜，我都知道他不会担心我，他的心就那么大，连我妈都被挤走了，我还能有什么位置呢？

不知不觉，我晃到了西落桥边，那里的风筝店早就打烊了，只有一个巨大的塑料招牌风筝在夜空中飘摇。风筝很旧了，还有些破损，我记得风筝上面写着一行字:“飞向很蓝的天”。

我好喜欢这句话。它总让我想起刘二最爱听的一首歌:“如果我有勇气折断翅膀，飞不到任何地方……不想再将伤心绑在身上，回应着你的泪光……”

如果我没记错，那首歌应该叫作《鸽子的悲伤》。或许，真的只有卸下悲伤的重担，才有飞向蓝天的机会吧。但像我这样天生敏感多疑的人，心里的重负如果是与生俱来的，那会不会只有等到我死去那一天，才能够真正摆脱呢?

看着不远处波光粼粼的河面，我忽然很想脱下鞋，到小河边去洗洗脚。这是我小时候最爱做的事情，月光下光着脚在岸边奔跑，耳边仿佛还响着梅叔的声音:“快，快，再快，再来！”

在成长的战役中，我从未输给过谁，除了自己。

我往河边走去，春天的夜，微凉。

我还没来得及脱鞋，忽见岸边的大石头上坐着一个人，正在往河里扔小石子玩。光看那发型，我就知道不是别人，是刘翰文。看样子，今晚的他也不太好过。同是天涯沦落人，犹豫了一小下，我走到他身边，顺手捡起一块石头往水里扔去，石块在水中跳了会儿芭蕾舞，完成了一个个极为漂亮的水漂。

他发现是我，用很嫉妒的语气对我说:“臭美啥呢，你空有一身泡妞的本领，本人却是个妞。”

“泡妞有风险，同学须谨慎。”我损他，“搞不好坐牢都有可能。”

“做人厚道点哦。”他掏出烟盒，递给我一支。我没抽过烟，不过反正无聊，试试也无妨。刘翰文很绅士地替我把烟点燃了，我猛吸了两口，本以为会因为不适应而咳嗽，但奇怪的是，我发现除了舌尖略微的苦味，没别的感觉。

“别装了，装也装不成不良少女，”刘翰文说，“你这么晚不回家，爸妈不找你？”

“不良少女都长什么样？”我问他。

他不直接回答我，而是说：“不过你在外流浪也没啥风险，小鼻子小眼睛，没胸没屁股的，男人见了你也很难有非分之想。”

“做人厚道点哦。”看他把个烟盒放在手里玩来玩去，我朝他伸出手说，“再来一根。”

“妹妹，这是香烟，不是巧克力！”他瞪我一眼说，“够了啊，表演到此结束。”

我伸手去抢，他把烟盒高高举起来。他个子比我高很多，肯定以为我会抢不到，但我只轻轻一跳，烟盒已经成功地到了我的手里。

我得意扬扬地抽出一根，把盒子扔还给他。

“等等。”他相当好奇，又把那烟盒举高了，退得离我一步远，兴致高昂地说，“怎么弄的，给小爷回放一次！”

“表演到此结束。”我说。

“喂，”他凑近我，用威胁的语气对我说道，“你演不演？你到底演还是不演！”

我把烟含在嘴里，命令他：“给我点着了！”

他很听话地掏出打火机，照我所说的做了。

我意犹未尽，又命令他说："教我吐烟圈。"

"你有完没完？"他不耐烦地问我。

我无师自通地吐出一个大大的烟圈，对他说道："你应该谢谢我，在你这么无聊的时候，是我在陪着你。"

"你太没规矩了，爷必须要教训你。"他说着，把双手伸到我胳肢窝下面，估计是想挠我痒痒。但他哪里近得了我身，我迅速闪到他后面，把点着的烟头直接从他衣领里扔了进去。就见他嗷嗷叫着，在河边东蹿西跳，好不容易才把滚烫的烟头从身上抖落下来。

"你当我铁板烧啊！"他气急败坏。

我坐在他刚才坐的那块大石头上面，冷冷地说："我只是替那个叫嫣然的讨回一点点公道而已。既然是男人，敢做就要敢当，让一个女孩白白受苦，算什么本事。"

他双手握拳，拉开架势，往左边跳三下，再往右边跳三下，又朝我招招手，对我说："来啊，决战到底啊，谁怕谁啊！"

"不打。"我说。

"你怕了？"他继续毫无章法地在岸边的沙土上虚张声势地一阵乱跳。

"我不跟打不过我的人打。"我骄傲地说，"这是江湖规矩。"

"我去！"他大叫一声，恶狼扑食一样地朝我直扑过来。我一脚踹过去，正好踹在他的胸口，他整个人啪的一声往后倒在地上了。坦白说，我只使了七分力。见他躺在那里半天也没起来，我有点害怕了，连忙跳下石头去检查他到底怎么样，只见他紧闭着眼睛，脸上一点表情也没有。我拍拍他的脸，忽然就看见有眼泪从他的眼角慢慢地渗了出来。

月光照着那些泪，像晶莹的琥珀。我从没见过男生的眼泪，我不知道它们原来是这样子的，不汹涌，却粒粒饱满，滴在了我心里一个很软的地方，起了点化学反应。

我伸手，想替他擦掉眼泪，但这样做好像完全不是我的风格。光顾着看表演吧，又觉得自己还真是有些没心没肺，于是我只能不出声，静观其变。直到他终于慢慢睁开眼睛，望着漆黑的夜空，发出震耳欲聋的呼喊:“爽啊！真爽啊！”

紧接着，他麻利地从地上爬了起来，在离我三步远的地方，继续拉开架势，左跳三下，右跳三下，再砰砰拍自己胸脯三下，对着我挑衅地大喊大叫:“来啊，再踢，用力踢，把我踢成人渣为止！来啊！”

我看了他一眼，转身走掉。就算再无聊，我也不能跟个疯子继续玩下去。

身后传来刘翰文声嘶力竭的吼叫声，像被铁箭刺中的小兽，吼出无法用言语来诉说的某种痛。

不过，关我什么事呢，我可没打算回去安慰他。刘二说得没错，各有各痛楚，各自承担。

这就是人生。

午夜十二点的钟声敲响之前，我已经自行回到了家中。

原因主要有二：其一，我饿了，身上没钱；其二，我困了，我想念我柔软的床和小小安。

我爸正坐在沙发上看电视连续剧，手枕着头，看上去悠闲得很，对于我的“走失”一点都不着急。

见此状况，我的自尊严重受伤，飞快地踢掉鞋，跳到客厅中央，双手叉腰对他喊道：“维大同，瞧你那淡定的样儿，你也不怕我被人拐了，或者卖了？”

他的眼睛依依不舍地盯着电视屏幕，轻描淡写地说道：“你不是带刀侠客吗？谁敢拐你，不要命了差不多。”

“饿死了！”我用大吼掩饰我的理亏。

“饭菜在桌上，自己热热。”他说，“听话，别吵我看电视。”

“我想吃面。”

他总算从沙发上站起身来，走到厨房里。没过一会儿，我就听到他煎鸡蛋的声音，这是我最爱吃的东西，也是他的绝活，双面煎，煎出来金黄饱满，一口咬下去，又香又嫩，真恨不得连舌头都一起吞下去。

“怕你饿，牛肉放得多，你吃不掉就放那里。辣椒我没敢放多，你自己看看够不够。”他说着，用双手把面碗放到餐桌上，又折身回厨房，替我拿来了筷子。

我接过筷子，低下头狼吞虎咽，他抓住机会站在一旁碎碎念：“马上就初三了，最关键的这一年可得把握好了。上次我碰到你们老师，他说你什么都好，就是数学，在难题的攻克上要加强。那些课外书我也不是不支持你读，但要有个分寸，不能读到大半夜不睡。还有你的脾气，也该好好收敛收敛了。别嫌爸啰唆，这么多年了，我这又当爹又当妈的，容易吗，你也应该体谅体谅我，你说是不是？”

“对不起。”我低声说。

“吃完快睡吧，我要先睡了。碗放那里，明早我来洗。记得关灯。”他说完这些，走到沙发那里，用遥控器关了电视，踱进了自己房间，没再出来。

我洗完澡，缩进被窝，这才发现被我扔在床头的手机上，有他发来的一条短消息：“闺女，你记住，你永远都是爸爸最重要的人。”

像他那样不擅于表白的人，这样赤裸裸地抒发情感，还是第一次。

我靠在床头，用冰凉的手捂住脸，努力不让眼泪流出来。其实，我真不是他想象中的那么不懂事。我清楚地知道，他孤身那么多年，辛苦抚养我长大，现在应该拥有属于他自己的另一半，那个人要懂得照顾他、体谅他，愿意与他相濡以沫并白首相依。如果真有这样一个人，我是真心为他高兴的。

只是那个服装店的老板娘，我看还是算了吧。古今中外的事例早已经说明，红颜注定薄命。有我妈在前，我可不想我爸再度遭遇如此悲催的命运。

9

昏天黑地的初三终于来了。每天除了背书，就是做考卷，累得晕乎乎的时候，真恨不得给自己在脑袋上装个 USB 的接口，插上一个大容量的 U 盘，把所有内容统统拖进去了事。

当然这只是偶发奇想，我从不相信不劳而获的神话。记得三四岁的时候，梅叔会把一只红苹果系在竿子上，让我跳着去拿。为了那只香甜的果子，我的膝盖常常摔得又青又肿。付出才有收获，我比我的同龄人更深谙这一点。

我很想念刘二，但没时间去见她，只能与她发发短信。倒是见过一次刘翰文。那个周末的黄昏，我补课归来，就见一群不要命的少年骑着摩托车，在城市的黄昏里结伴呼啸而过，那里面就有他。就那样的速度，难为他竟然会看到低头走路的我，绕了个大弯，将车停在我的面前。

“侠女留步！”他摘下头盔说，“帮个忙！”

“什么事？”我问他。他的发型居然又换了，书上说，发型换来换去的人，是因为极度没有安全感。

“帮我找初三二班的那个阙薇要个电话号码好不？”

又是她！

“你不是线人很多吗，还用得着我？”我才不想揽他这档子破事。

他摇摇头说：“别提了，那妞难弄得很！”

看他那色眯眯的样子，估计早就忘了差点为他丢掉性命的王嫣然长得什么样了吧。

“我觉得她挺神秘的，我只知道她是外地人，以前跟她妈住在香港什么的。”

“她妈开了个服装店，叫什么‘雀斑’。就在红星路上，你要不去看看？”我本无意八卦，可是又觉得实在有必要拆穿某人的谎言。她要真来自香港，我怎么都得来自火星。

“靠谱。”刘翰文拍拍车后座说，“看在你提供这么一个重要的有价值的线索的分上，介不介意让我送你回家？”

我没犹豫就跳上了他的车。我喜欢速度，它让我清醒，而此刻我混沌疲惫的大脑最需要的就是清醒，因为今天晚上，还有两张空白的试卷等着我搏命去填写。

“华亭小区。”我说。

“抱紧了！”他说完，吹了声响亮的口哨。

他穿了一件黑格子衬衫，很好的质地；车技娴熟，并不让人觉得恐慌。其实我并不是那么讨厌刘翰文，尽管他好像没有任何品质符合一个好男生的标准，且一分钟不演就会死，但他的身上有真实的缺口。所以，比起班上很多成天装模作样的男生来，我跟他在一起反而没那么扭扭捏捏。就算抱紧了他的腰，我的小心脏也绝不会因为他而怦怦跳。

“你喜欢我这样的男生吗？”他在前面大声地问我。

“不喜欢！”我也大声回答他。

“能说说为什么吗？”

“因为你不够傻啊。”

“这理由太对了！”

“对就开快点。”我用力拍拍他的肩。

“准备好你的尖叫！”他加大马力，很快就把我送到了我家小区的门口。我刚从摩托车上跳下来就傻眼了——身后是我爸的黑色别克，真巧了，他也是刚到家。车停下来，他很快下了车，看着我的眼神分明是在说："你在搞什么鬼玩意儿！"

"再见！"刘翰文一定身经百战，见此情景，一语不发，很明白事理地跨上车就远去了。

"那是谁？"我爸问我。

"朋友啊。"知道他想歪了，我想尽量表现得轻松一些。

"每天都是他送你回来？"

"怎么会！"我说，"今天碰巧而已。"

"应该是碰巧遇到我而已吧！"他强调。

"随便你怎么想。"真是话不投机半句多，我撇下他，自己跑上了楼。他去地下车库停车，比我晚上来好几分钟，开了门，第一句话就是："刚才那个人，我怎么觉得看上去那么眼熟。"

"也许见过吧。"我说。

"你们怎么认识的？"

我决定跟他说实话："你还记得不，去年我曾经在河里救起过一个女孩，那个女孩就是他姐姐。今天补课回来的路上正好遇到他，他见我走路，就顺便送我回来了。你可千万不要乱想，我对早恋这种事不感兴趣。"

可能是因为我平时表现得还算乖巧，他好像也相信我了，不过仍不忘嘱咐我一句："那种小痞子，都没正形的，你以后还是少理的好。"

"其实，我老觉得他应该是你朋友的儿子。"我也不知道哪根筋被戳到了，忽然就想要刺激他一下，“听说，他爸爸是我们这里的首富，开一辆悍马车，那辆车……”

“他姓什么？”我爸飞快地打断我。

“姓刘啊。”我说。

我爸找到了放在茶几下面的香烟，又到处找打火机。其实打火机就在他面前，但他就是没看见。我拿起来递给他，他又把它拍回茶几上，用很坚决的语气对我说：“以后都不要再跟他来往了，这是死命令，听到没有！”

“为什么？”他过度的反应令我陡生疑问。

“说不许就不许。”他说完，可能也感觉到自己的态度有问题，连忙补上一句说，“你没听说吗，人家是首富，我们这些普通人家高攀不起，我可不想让人说闲话。”

“好吧，知道了。”我拿起书包进了自己的房间，走到门边，我回过头，伸出两根手指头对他说道，“命苦哇，我还有两整张的数学卷子要做，晚点记得给我下面条吃哦，我要两个煎蛋。”

“哦。”他心不在焉地应承我。

人的内心可以装下多少秘密，我不知道，但我可以肯定的是，我爸心里一定装着很多很多的秘密。我愿意相信他不把这些秘密跟我分享，是怕我不快乐或者受伤害，但我天性就喜欢去探索事情的源头。我无法阻止自己的好奇，就像无法阻止这个年纪额头上冒出的小痘痘，刚好了一粒，又有另一粒固执地生长出来。不管吧，心里痒痒得很；管它吧，又会留下一个个疤痕，真是令人沮丧得紧。

中考结束后的那一天下午，刘二开车在学校门口等我。我们许久不见，所以很热烈地拥抱了一下。花枝正好经过我身边，像看怪物一样地看了一眼我们，走开了。

“我真想亲你一口，”刘二笑嘻嘻地说，“那才对得起刚才那个肥妹妹深邃的眼神。”

“你已经饥不择食到需要我来填满你空窗期的地步了吗？”我说，“刘二小姐，看来你需要好好地检查一下自己。”

“我正在努力改变！”她扭了一下腰身，嘻嘻笑着说，“你先陪我去健身，然后我陪你去看电影，然后我们去吃消夜，然后我们去酒吧找两个帅哥好好开开心！”

“只能选A。”我说，“B、C、D下次吧，我爸今晚给我做了好吃的在家等着我呢！”

“真幸福。”她说，“我爸连厨房门在哪里都找不着。”

“可是你爸能赚钱，”我说，“这也很重要。”

“不提这些，一提就闹心！”她说，“咱去玩动感单车，这次我一定要赢你！”

刘二是圆脸，稍微多吃一点就显胖，因此减肥成为她人生中最重要的事情之一。我陪她来到帝豪酒店，这是我们这里唯一的五星级酒店，酒店八楼有一个很大的健身中心。这是我第二次来，上一次来也是陪她玩动感单车，结果我还没开始喘气呢，她已经败下阵来。今天她又吵着要跟我比赛，依然输得毫无悬念。

她跳下车，拿毛巾擦了半天汗了，我才轻松地跳下来，问她说：“要不要再比一次？”

"不比了，不比了。"她朝我摇着手说，"小安你老实交代，你是不是外星人？"

"以前是。"我说。

"我不骗你，我那天做了个梦，梦见地球被外星人攻占了。一个好大好大的飞碟，就停在易龙的门口，飞碟门打开，你走了出来。你脸上戴着一个面罩，是金色的，蝴蝶形状的，特别有范儿。然后你就朝我招招手说，刘二，你上来，我带你走。"

"然后呢？"我问她。

"没然后了，"她说，"醒了。"

"真没劲，我还以为你会说，小安，谢谢你救了我，这块金砖请你收下！"

她伸手打我："臭丫头，梦里都不忘占我便宜！"我起身躲，正好撞到一个女人身上。她应该也是来健身的，可能刚游过泳，头发束得高高的，披了条大浴巾，手里拎着个大袋子。

"不好意思。"我连忙道歉。

她的目光停在我脸上，像被定住了，那感觉就好像我真是从外星球来的怪物一般。刘波用力拖我一把说："我们来第二轮。"

"二妹，你怎么也在这里？"她转头问刘二。

"你什么意思？"刘二说，"准你来，就不准我来吗？"

"这是你朋友？"她居然指着我问。

"俞大姨，貌似你管得也太宽了吧。"刘二把我挡在她身后，对她说道，"从什么时候起，我去哪里、干什么、和谁在一起都要统统向您汇报了？"

女人并没有跟刘二吵，她越过刘二的肩膀看了我一眼后，拎着袋子，往前面走去了。我想，我应该知道她是谁。可是，她看我的眼神，为什么那么不正常?

“有病！”刘二看着她的背影，狠狠啐了一口。

“可以问你一个问题吗?”我问她。

“为什么讨厌这个女人，是吗?”刘二说，“很简单，因为她是一个恶人。”

“有多恶?”

刘二说：“实话告诉你，她就是刘翰文的妈俞洁，我爹的第四个老婆。我爸第一个老婆是个乡下人，嫁给我爸后还没给他生小孩就病死了；于是我爸娶了第二个，那个老婆给他生了一个女儿后，跟他离了，带着女儿嫁给一个瑞典人，去了国外；第三个老婆就是我妈。我出生没多久，我爸就跟俞洁勾搭上了。为了达到跟我爸结婚的目的，她差点把我妈给害死。其实俞洁在我爸几个老婆中是最丑的，但是算命的说她鼻头圆、面相好什么的。不过也怪了，我爸自从娶了她，生意还真是顺风顺水，更加大发了。她又给我爸生了儿子，算得上功德圆满。我爸那人挺迷信的，所以，尽管俞洁花钱不眨眼，对他也不好，他还是一直没舍得跟她离婚，在外面小三小四小五都有了，她还是正房。她这人，为了达到自己的目的，是什么手段都使得出来的。不过说起来也悲哀，这老公有也当无，连自己儿子都唾弃她，你说她就算手里握着再多的钱，活在这世上，还有什么意思?”

刘二跟我说故事的时候，我的眼角瞄到那个身影从更衣室出来，进了前面的洗手间。

“我去趟洗手间。”跟刘二打了个招呼，我决定再去洗手间会会她。机不可失，时不再来，坦白说，我等这一刻，已经等了很久了。我推门进去的时候，俞洁正在洗手台前洗手，我走到另一个台子边，打开了水龙头。因为考试的缘故，我的头发早就长了，也没时间去剪，刚才一阵运动，显得更乱了。我把头发拆散，重新束起来。我知道，旁边那双眼睛一直都在通过洗手台前面的大镜子观察我。

“你到底是谁？”她终于还是忍不住发问了。

“阿姨你好，我是刘波的朋友。”我说。

“你姓什么？”她转过头来，看着我的脸。

我微笑着说：“我姓李，我叫李彩萍。”

她听我这么一说，眼睛立刻像中了邪一样发直，尖叫一声，跌跌撞撞地从洗手间里飞奔出去了，连放在洗手台上的袋子都忘了拿。我拎着袋子追过去，在她身后大叫：“阿姨，你的东西，你忘了东西！”

只是，她早就跑得远远的了，哪里还见得着人影。

“怎么了？”刘二迎上来，看着我手里的袋子问。

我耸耸肩说：“刚才洗手间有个‘小强’而已，她就吓成这样，丢下这个就跑掉了。”

“别碰她碰过的东西。”刘二说完，一只手捂住鼻子，另一只手拎起那个袋子，走到垃圾桶边，一把将它扔了进去。

就这样，在我初中生涯的最后一个晚上，我终于用这三年来一点点搜集的素材，拼凑出了一个关于我妈妈的故事——

某年某月的某一天，刚出生不久的她被丢弃在西落桥的桥洞里，被花枝的外婆捡回家，给她起名为“李彩萍”。因为从小在贫苦人家长大，又是养女，所以她吃了很多苦也受了很多罪。长大后，我妈出落成一个美女，她一心想脱离当时的生活，拥有“美丽不打折”的人生。可惜成绩不是太好，她最终只考上了师范学校的美术系。毕业后，她不甘心做老师，为了挣更多的钱，做起了小生意，专门替有钱人代购一些奢侈品什么的。就这样，我妈认识了俞洁，也认识了她的老公刘国栋，一心想嫁入豪门的她很快就成了花心的刘国栋的“小三儿”。但是这件事被俞洁发现了，所以她闹得不可开交，想尽了办法要将他们拆散，并用了某种残忍的手段加害我妈。因为不想跟俞洁离婚，刘国栋最终选择了跟我妈分手，我妈伤心欲绝。她看出刘国栋老实巴交的好朋友维大同也就是我爸爸喜欢她，于是她对我爸提出要求，带她离开这里，再不回来，并嫁给他。

我爸答应了。就这样，我爸跟我妈结了婚，他们一起远走他乡并生下了我，谁知道我妈却忽然得了绝症，抱憾死去。死之前，她悔过自己不踏实的一生，深深地觉得自己对不起我爸，于是，她提出要将自己的骨灰撒向大海，好让自己的灵魂得到永久的救赎。

这就是我妈并不完美的一生。我爸苦心隐瞒关于她的一切，只是不想让我因为拥有这样的一个母亲而伤心。并且，童话故事里，王子总是爱着公主，他也怕我知道，他其实从来都不是王子。

不管这个我苦心串联的故事里有多少成分是真实的，我的好奇心已经彻底落幕，一切到此结束。

我的爸爸，我爱你。

我的妈妈，请安息。

10

我是在悬崖边歌唱的孩子，
一不小心，就会掉进深深深深的深渊。
我是在刀尖上舞蹈的孩子，
一不小心，就被刺出深深深深的伤痕。
我是你高高的城堡里仰望天空的孩子，
一不小心，就泄露我深深深深的孤独。
我是你环形的跑道上奋力奔跑的孩子，
一不小心，就迷失我深深深深的呼吸。
但无论如何，
我都是这样深深深深地爱着你，
如同一个绝望的孩子，
深深深深地爱着他最最严厉的母亲。

这是一位已经毕业的学姐写给天中的一首诗。在“天中论坛”上，它被长期置顶，以至于很长一段时间，“深深体”在天中都颇为流行。据说就在上届毕业典礼上，毕业生们齐声诵读这首诗，最后拥抱着哭成一团，就连平日里最不苟言笑的校长也取下眼镜偷偷拭泪。

看到这首诗的时候，我已经是天中高中部的一名学生。它让我相信，我身处的这所百年名校，确实是一个悠久的传奇。比起宽阔的林荫道、明亮的教学楼和巨大的体育场，我更喜欢的是图书馆，就在著名的花蕾小剧场的后面，红砖碧瓦，小巧安静。最重要的是，很多我在市图书馆都见不到的绝版书，在这里却能轻易地寻到。就是在那个靠窗的小木桌旁，我利用空闲时间如饥似渴地读完了那套我以为永远都读不完的书——《追忆似水年华》。书很厚，也说不出来到底讲的是什么故事，但我却在字里行间漫长的叙述中欣喜地感觉到自己内心的成长，从一个莽撞少年慢慢进化成一个理智的人，一个有耐心的懂得容忍的人。

年华那么长，你我相遇不过短短一瞬，我又何必介意。

对于与我同宿舍的"宿敌"阙薇和花枝，我一直抱着的就是这样一种想法。进了高中的花枝像个充气娃娃一样越胖越夸张，若不小心在狭小的寝室里撞上她，你一定会眼前一黑，以为自己是撞上了一堵墙。花枝对我的恨由来已久，不过除了制造一些无聊的小八卦，她对我构不成任何威胁。我真正的对手，是阙薇。并不是说她有多强大，而是因为在我跟她的小摩擦之间突然横生枝节，令我有些无法控制，那就是——我爸和她妈，居然谈起了恋爱。

天中高中部必须住校，除非非常特殊的情况，一律不许走读。

所以，尽管我家离学校很近，我却不得不住在学校里，遇上月考什么的，周末也回不了家。我住校后，我爸很长时间都不能习惯，相信阙薇她妈也是一样。本来呢，两个寂寞的中年人玩玩恋爱游戏，也算不上是什么坏事，可是那个女的，她喜欢的好像并不是我爸，而是我爸的钱。

我曾偷看到她发给我爸爸的短信："十万块不是小数目，请不要再提借这个字，令我脸红。若肯帮我，就尽力帮我咨询一下关于房屋抵押贷款之事。万分感谢。"

这条短信的措辞，看似妥帖礼貌，实则欲语还休。说简单点就是这么一句："你若是不借我钱，我便走投无路。"恋爱中的人完全没大脑，我爸果然中招，一大早就去银行取了现金巴巴地送到人家家里去，多亏我眼疾手快，硬抢了回来，才不至于损失惨重。瞧她家家徒四壁的样子，我真不明白她和她女儿浑身的骄傲劲儿到底从何而来。人若整日在臆想中活着，不是精神分裂，就是脑子残疾，真没什么好说的。

记得前阵子去刘二那里，她告诉我刘翰文最近被一个女生迷得晕头转向，带她去游车河，差点撞坏她刚买的那辆新兰博基尼，还发誓要为她洗心革面，断了所有的花花肠子。

刘二摇头叹息说："那位小姐难不成是天仙下凡？不过天仙要是真能爱上小五，那也注定沦为一个俗人。下周我要在帝豪开个生日派对，让他带来给我瞧瞧。还有，我还想听你给我弹那首《*A Winter Story*》，行不行？"

"私下弹可以，上台演奏就请别人吧，我那几下可上不了台面。”我嘴上这么说，心里的潜台词却是：“有她没我，有我没她。”

“好妹妹，必须是你。”刘二哪懂我内心的小九九，狠狠捏我脸蛋一下，不允许我拒绝。

反正，总结了一下我爹和刘翰文的命运，我归纳出一个结论：这对母女来历不明，搞不好就是那种传说中的职业老千。看来，替天行道，撕下她俩丑陋面具的任务，只能由我维维安来完成了。

那天把钱抢回家后，我跟我爸谎称学校有事，背着包出了家门。不过我的包里放的不是书，而是我用来乔装打扮的行头——衣服、假发、高跟鞋。我出门的时候，我爹那个没出息的正半躺在客厅的沙发上发呆，我还听到他很卑微地给那个女人打电话，说什么晚上去看她，结果人家说晚上有重要的事，把他给拒绝了。

尽管他在我面前强装无事，但鬼都看得出他内心正在进行着痛苦的挣扎。如果我不能调查出点什么有价值的东西，拯救他于水深火热之中，怎么对得起他的养育之恩！

既然是狐狸，就一定有尾巴，我看有必要抓一抓。

我在商场洗手间将自己乔装完毕，去了那女人的店门口，发现她提前关了店门，去菜场匆匆买了点菜，回了家。我带着一本书坐在她家小区门口的花坛边守株待兔。我倒要看看，今晚她到底有什么“要事”要办，又到底是跟谁一起去办。我从六点钟一直等到八点左右，等到书上的字在路灯下都显得模糊了，才看到阙薇从小区里走出来。她背着书包，肯定也是撒谎回校，然后跟刘翰文之流约会去了。她走得很快，没有看见我。不过我也懒得理她，今晚，老狐狸才是我的最终目标，小狐狸，姑且先放她一马。

夜越来越深，天公不作美，开始下起了雨。我忘了带伞，包里唯一能挡雨的就是校服，又怕暴露目标，不敢拿出来。好在雨不算大，我仗着自己身体好，就硬生生在雨里挺着。约莫又等了一个小时，还没任何动静。就在我打算放弃的时候，忽然就看见那个女人手里拎着一个旅行袋，急匆匆地从小区里面跑了出来。她也没打伞，出来后就一直站在路边，把空着的那只手举起来遮挡雨丝，肯定是等谁来接她。

我预感到，好戏就要开场了。把书放回包里，我拿出我的手机，准备拍下一些精彩画面，到时候让我爸好好开开眼。她离我不远，就两三米的样子。不知道是不是做贼心虚，我感觉她回头看了我一眼，我连忙低下头，佯装看手机。可是，当我再次抬头的时候，不得了，我发现停在路边的竟是我爸的车。

“捉奸”严重失败！

我爸下车，先接过她手里的旅行袋，体贴地替她打开车门，让她坐上车，然后走到车尾，替她把包放进了后备厢。

我在离他们不远处，默默地看着他做这一切。雨水淋湿了我的裙子，所以它紧贴着我的大腿。假发更潮湿，弄得我脸上痒得要死。我眼下这个样子，估计跟那些站街女没多大差别，好在我爸并没有往我这边看，要是被他认出来，我真担心他会一怒之下开车直接把我给撞死拉倒！

他很快上了车，发动车子朝前开去。我下意识地往前追了几步，当反应过来自己根本不可能追得上车子的时候，我愤怒地踢掉了脚上那双碍事的高跟鞋，光脚站在雨水里。我的心里升腾起一种异常强烈的被丢弃感。他不要我了，他宁愿要一个骗子也不要我了——我真就是这么想的。

这样不知道过了多久，我头上方多了一把黑伞，雨在瞬间消失了。耳边响起一个很好听的男声："再这样淋下去，你一定要感冒了。"

我惊讶地转头，看到替我打伞的是一个陌生的男孩。他穿了一件黑西装，对我微微地笑了一下。我用力地眨了眨眼睛，承认自己有点犯傻。他长得真是好看，五官立体，如同被雕刻出来的。因为个子很高，所以整个人显得挺拔而有型。最重要的是他的气质，应该是电视或者漫画里才有的那种吧。我暗想，如果他从天中操场上经过，跟在他后面参观和尖叫的女生一定会排成长龙。

可是，我从来都没有见过他啊。难道他认识我吗？为什么会在我最最绝望的时候突然"空降"我身旁？

"在路边一坐三四个小时，这种耐性在一个小姑娘身上还真难能可贵。"他说。

螳螂捕蝉，黄雀在后。难道我跟踪别人的时候他一直在跟踪我？可是，他这么做是为什么呢？一向有自知之明的我并不认为我对男生具有如此的吸引力。

"你是谁？"我问他。

"陌生人。"他说。

不说也罢。我弯腰，从地上拎起我的鞋，往前方走去。他则跟在我后面，继续体贴地替我打着伞。路灯下我们的身影被拉得无限长，坦白说，这种感觉还不算坏。并且，就算他是十足的恶人，我也不会怕他，他能把我怎么样呢？不能！

“你们这里雨水还真多。”他说，“我应该叫你什么？小安？”

他居然知道我的名字。我停下脚步，警觉地盯着他。

“你一定很恨那个女人抢走了你爸爸对不对？或许，我可以帮你。”他一面说，一面低下头来看着我。他个子真的太高了，那一刻我真有种奇怪的冲动，就是赶紧把我的高跟鞋穿上，好缩短我们之间的距离。

“你为什么要帮我？”我不明白。

“你记住，知道的事情越少，你的痛苦就越少。”

就从那一刻起我开始讨厌他，连同他嘴角的弧度一起讨厌。他凭什么要教训我，凭什么我对他一无所知他却对我了如指掌。我狠狠地瞪了他一眼，加快了脚步。他却追上来，一把抓住我的胳膊说：“性子这么倔，你肯定会后悔的。”我想抽他，手掌抬起的那一瞬间，他的手迎上来，一个黑色的小手机已经从他的掌心滑到了我手里。

“语音备忘录。”他提醒完我，将那把伞递到我手里，自己大步朝前走去了。我扔掉伞，按他所说的，很快就找到了那条语音，打开来放到耳边，听到的竟然是我爸的声音：“爱玲，我不希望你误会我。我想过了，如果我们成为合法的夫妻，那么我们所有的顾虑都不会再有了。你愿不愿意考虑一下，嫁给我吧。我是认真的。”

对方无回应，一阵杂音之后，再说话的人依然是我爸：

“我以为我再也不会相信爱情这种东西。这种感觉我好多年都没有过了，我不想失去。我是个负责任的男人，你相信我，我承担得起。”

那个女人终于说话了：“你忘了吗，你是有妻子的人。”

“我们早就解除夫妻关系了。”

“可是小安怎么办？你打算瞒她一辈子吗？”

“是的。”我爸坚决地说。

语音到这里戛然而止。我又重复听了一次，确定只有这么多。我猛然抬头，放眼望去，远远地还能看到那个黑色西装的背影，他刚刚上了一辆公交车，车子开走了。

我拔腿就追，不管他是谁，不管他出于什么目的，我觉得我一定要追上去，抓住他问个究竟。既然他有本事窃听到他们的对话，那么他知道的东西一定也不会少。雨越下越大，我跑得飞快，没有注意到从旁边路口过来的一辆摩托车。好在我反应快，在它就要撞上我的一瞬间，我用手在车把上用力一撑，整个人飞出去，摔在路边。

摩托车车主显然吓坏了，他连忙取下头盔，跳下车来扶起我，连声问我：“你怎么样，有事没事？”

我摇摇头，站起身来，靠在路边的一棵树上喘气。低下头，发现那个黑色手机还牢牢地捏在我手里，手机屏幕正好亮了，上面有一条短信：“好好睡一觉，明天见。”

是隐私发送，我看不到对方的电话号码。可恶！

迎着昏黄的路灯，我这才发现手腕处不知道在哪里划了一道口子，不算浅也不算深，鲜血正在慢慢地渗出来。但我不想去包扎，因为此时此刻的我最需要的不是别的，正是疼痛。我拎着鞋，在雨中飞奔，速度极快，像森林里迷路的小鹿。什么叫知道的越少，痛苦就越少？这都是什么狗屁逻辑，在我维维安这里不好用！我必须要知道，在这个世界上，到底有多少她的事是我所不能知晓的，又到底有多少秘密，是他一定要独自背负的。

此时此刻，我多么希望雨能大一些，再大一些，因为只有这样，才能浇熄我心里像火焰一般熊熊燃烧的不安、迷惘以及痛苦。

11

那夜，我发了烧。我觉得我快被烧死了。我仿佛听到很多人在一起诵读那首忧伤的诗，不厌其烦，一遍又遍——“我是在悬崖边歌唱的孩子，一不小心，就会掉进深深深深的深渊。我是在刀尖上舞蹈的孩子，一不小心，就被刺出深深深深的伤痕……”迷迷糊糊中，我欣喜地发现我妈站在床前，她冷冷地看着我，一句话也不说。我很担心，担心她不爱我，我单单这么想着，情绪就已经坠入深深深深的谷底。

她看了我一会儿，好像转身要走，我一把抓住了她的手。我想开口求她留下，可是我的大脑不听使唤，完全是在胡言乱语。我听到她不耐烦的叹息，讨厌自己的不争气。但最终她还是将我扶起来，喂我吃了药，把冰冷的毛巾放在我额头，还替我换掉潮湿的衣服。她做这一切的时候，我好希望她能跟我说点什么，偏偏她紧闭嘴唇，就是一言不发。

或许她真的没那么爱我。

后来，我终于睡着了，早上清醒的时候，烧已经退了很多。我这才猛然想起，昨晚那个人根本就不是我妈，而是阙薇。我想起来，我昨晚冲回天中的时候她已经睡了，我不知道她大周末为什么会待在宿舍里，更不知道她为什么要帮我，但如果不是她，我也许被烧成弱智也不一定。为了封住她的嘴，我把身上所有的钱都给了她，她欣然接受。

我确实很担心她会在我爸面前胡说八道，我已经决定跟我爸暗战到底，不希望有任何的闪失。

等她收拾得漂漂亮亮地出门后，我爬起来，跑到离学校不远处的一个洗浴中心，将自己好好地洗了洗，浴室温暖的热气令我混乱的头脑慢慢复苏。我想我已经理清了思路，知道接下来该做些什么。我穿上衣服，从包里掏出昨晚那个黑色的手机，翻到电话簿，看到上面只有唯一的一个号码，迟疑了一下，很快把电话拨了出去。

"病好些了？"对方说，"或许你该洗个热水澡什么的。"

我惊得四下张望，真担心他在什么地方装了监视器，用来监视我的行踪。

"我一直在等你。"他说，"出了你们学校门口，往左走三百米左右，第一个红绿灯继续左拐，再走一百米，你可以看到一个咖啡馆，我在里面等你。"

一刻钟以后，我推开那家咖啡馆的大门，走了进去。

我进门就看见了他，他就坐在靠窗的位置，一面喝咖啡，一面看报纸，样子悠闲得很。午后的阳光照着他好看的侧脸，令我有恍若梦中的错觉。

迟疑了一会儿，我走到他对面，对他说道：“你好。”

“你好。”他放下手中的报纸，冲我微笑。

我把包挂在椅背上，拉开椅子坐下。他夸我：“你今天这样，比昨天好看。”

我说：“你知道我为什么来，废话少说。”

他好像没听到我说什么，把菜单推到我面前：“你该饿了，吃点什么？”

我摇摇头。我确实是饿了，但是，让不熟悉的男生为我花钱，不是我的风格。我来请吧，可我的钱都给阙薇了，我又请不起。

他却自行叫来服务员，对她说：“麻烦给这个小姐来杯橙汁，一碗皮蛋瘦肉粥，两个煎鸡蛋，要双面煎的。”服务员离开后，他又对我说，“感冒的话，补充点维生素C好得快。”

“谢谢你。”我很认真地问他，“现在你可以告诉我你是谁了吗？”

“我们不认识。”他坐直了身子看着我说，“我从外地来，我来你们这儿，是为了找一个人。”

“戴爱玲。”我说。

“算你答对。”

“你找她，是因为她骗了你的钱然后一走了之？”我问。

“骗钱？没有！”他很肯定地说，“不过呢，事情好像并不是钱那么简单。”

我竟然猜错了。可是，他那么年轻，那么帅气，不应该和那个女人有什么情感上的纠缠啊，若真是有，恐怕就要整个儿颠覆我的爱情观了。

“有什么可以帮你的吗？”我故意客气地问他。

他没回答我，而是忽然想起什么似的，从口袋里掏出一个小药瓶，倒出两粒药丸，端起手边的清水，把药吃了下去。

“我讨厌这里的潮湿。”他皱着眉说，“所以，我得赶紧办完事，赶紧回去。”

“我愿意跟你合作。”我说，“你谈条件吧。”

“不问为什么吗？”

“不问。”我说，“只要你把你知道的关于我妈妈的一切告诉我。”

他狡黠地笑了：“这可能对你有点不公平，因为，关于你妈妈的事，我只知道那么一点点而已，但是你需要替我办的事情有很多。我初来乍到，对这里很不熟悉。”

我从口袋里摸出他的手机，推还给他说：“这是你的，还给你。但是昨天我把那把伞弄丢了，对不起。”

“手机是送你的。”他说。

“我不要。”

“为什么？”

“我怕里面装着窃听器什么的。”我说。

他笑："小朋友，你有很多秘密怕人知道吗？"

"是的。"我说，"只可惜好多秘密的答案，连我自己都不知道。"

我们正说着，服务员已经把吃的东西送了上来，我正好口渴，将一杯橙汁转眼喝个精光，接下来继续喝粥。他满意地看着我吃完，这才从身上掏出一沓卡片，对我说道："戴爱玲去外地了，应该是两三天后回来，到时候麻烦你替我把这些卡片放到她的包里面，并且，不能让她知道是你放的。"

我接过那些卡片来，发现上面都只印着三个字母："CZC"。

这是他的名字吗？

"你先告诉我，我妈妈还活着吗？"我捏着那堆神秘的卡片同他讨价还价。

他说："任务完成，我会告诉你的。"

"我怎么知道你是不是骗我！"

"因为你没有选择。"他胸有成竹地说，"让我来告诉你：戴爱玲这一次是回老家，她的表哥得了绝症，她想给他治病，但苦于没有钱。她本来想用房子到银行去抵押贷款，结果没成功。你爸陪她回了老家，他们三天后回来，她也答应三天后答复你爸求婚一事，不排除她为了钱要嫁给你爸的可能性。"

"那怎么办？"我一听，脑袋大了一圈。

他讽刺我说，"你那么喜欢看书，书上有没有什么好办法教给你？"

"你提供戴爱玲是个骗子的证据，我交给我爸。"我说。

"你爱过吗？"他促狭地问我，又自问自答，"我猜你一定没有。因为热恋中的人是没有智商可言的，别说对方是骗子，是傻子，就是外星人，是蛇精，只要他爱了，都会照单全收。"

"那说说你的主意。"我没好气地说。

"我把戴爱玲带走，让她永远都不回来，这才算一了百了。"

"那她肯跟你走吗？"

"当然不肯。"他说，"所以我要请你帮忙。"

"我不做犯法的事。"我说，"尽管我可以很容易地弄晕她。"

"笨丫头！你弄晕她有什么用，她醒过来，还是会回来。必须想个办法，让她心甘情愿地跟我走。"

"难道要让她爱上你……"

可能我的话实在是太搞笑了，他忍不住笑了起来："你想想，在戴爱玲的一生中，什么对她最重要？"

"钱？女儿？"

"对了。"他说，"只要她女儿心甘情愿跟我走，她也就会乖乖听命于我了。"

"你到底想做什么？"我承认我被他绕晕了，有点摸不着头绪。

"让阙薇出点事。"他说，"具体怎么做，我再慢慢教你。"

"成交。"我说。

我选择了相信他，是因为他说得对，我跟他其实没有什么条件可讲，至少到目前为止，他在我这里一切都还占着上风。

他要戴安玲母女跟他走，我要戴爱玲母女彻底消失在我的生活中。如此说来，我们目的完全相同，不联手都说不过去。

12

我一直都不知道他的名字，他让我叫他 Joyce。

我不喜欢这样叫他，因为我知道，这肯定不是他的真名。但是这并不代表我不喜欢他。我喜欢和聪明的人打交道，这个神秘小子是我认识的人里面最聪明的，这一点我深信不疑。

周三的时候，戴爱玲和我爸从她老家归来。我借口有参考书没带，特意跑回家一趟，发现我爸一边洗澡一边哼着小曲，心情特别愉快，估计是求婚成功。就在我郁闷之际，天助我也，阙薇和花枝在宿舍发生了激烈的冲突，她用我床上的书砸了花枝的头。花枝家以“脑震荡”为由，向她家索赔五万块，阙薇还面临着被处分的危险。

为了取得戴爱玲的信任，我以目击证人的身份陪我爸去了花枝家调解，最后以我爸安排她家两个人进服装厂工作为条件，取得了暂时的和解。

我去看了一眼花枝，她头上包着夸张的白纱布，坐在床上看物理书。看到我，她恐吓我:“作伪证是要坐牢的，你知不知道?”

“知道。”我说，“所以我一定会说真话。”

“你等着遭报应吧!”她愤然将手里的书扔到了床下。

我走过去替她捡起来，拍拍上面的灰，再放到她手里，对她说道:“脑震荡，要小心控制你的情绪。”

出了花枝家门，戴爱玲一直夸我:“我发现小安遇事真冷静，与人争辩也头脑清楚，我家小薇能有你一半就好了。”

“人各有所长。”我爸说，“我就觉得小薇比小安懂事很多。”

“反正别人家的孩子总是好的。”我替他们总结。

我爸哈哈大笑，趁机向我说明情况:“爸爸已经向阿姨求婚了，阿姨以后来我们家和我们一起生活，你和小薇以后要情同姐妹，互相学习，互相照顾，你说好不好?”

“只要你们幸福就好。”我听到自己的谎言，像泡沫一样飘向空中，然后碎裂。

我爸带我们去消夜，趁我爸泊车、她上洗手间的机会，我把Joyce给我的那一大沓卡片塞进了她的包里。那晚，我也不知道Joyce用什么办法，一夜之间就搬空了她的店，什么也没给她留。Joyce让我去她家看她反应，阙薇说她在睡觉，于是我没有见着她。那个没见识的丫头，居然跟我动起了手，我示弱的演出相当成功，蹲在她家地板上咳嗽的时候差点笑场。想要真正地打赢对手，就得在她面前尽力隐藏你的真实面目。

Joyce显然也深谙此道。

“你到底怎么弄的?”在帝豪饭店的房间里，我问他，“店里的那些东西为什么说没就没了?”

“一点小魔法。”他正在弄一个小方盒一样的东西，一边弄一边对我说，“一会儿去房间的时候，记得放到电视机下面，放进去一点，小心被发现。”

“你有没有想过，如果阙薇不肯跟刘翰文进房间怎么办？”

“那完全取决于你的演技。你这两天不是演得挺棒吗，我看好你。”他看着我说，“刘二我搞定，逼疯刘翰文的事你搞定，咱俩分工明确，今晚就可以收工了。”

“你确定那玩意儿不会让刘翰文晕三天三夜吗？”

“你心疼？”他说，“看来下药还得下重些。”

“还需要点血做道具。”我白他一眼。

“要不你在我手腕上放一点。”他撸起袖子说，“来吧，用你口袋里的小刀。”

“真的假的？”我问他。

“听说过狼人的故事吗？”他说，“你今天运气好，可以见识见识。”

这人真太坏了，我决定教训他一下，也让他见识见识，可是一掏口袋，却发现刀不见了。他的手往后面一掏，居然摸出了我的刀，在小黑盒上捣来捣去，看他那样，用得还挺顺手！

“我都借来一天了，你才发现。”他得意地说，“以后小心点。”

我觉得我整个人都要炸了。我在房间里转来转去，找到一根细麻绳，决定要把他捆起来，捆成个大麻花，然后打开窗户直接扔下去。

“别捆我。”他头也不抬地说，“那根绳子是给你捆刘翰文用的。咱们的计划要是完不成，你过两天就要有后妈了，想想后果吧。”

他会读心术吗？我灰溜溜地把绳子揉成一团，背到了身后。

“对了，小安，”Joyce 饶有兴趣地问我，“我想问你一个问题：你觉得人生的意义何在？”

“这问题有点大。”我说。

“就凭直觉答呗。”

“活着总得有点价值吧。”我说，“人生苦短，最起码，要让你最在乎的人快快乐乐的。”

“我没猜错的话，你最在乎的人应该是你爹吧？”他问。

“是。”我毫不犹豫地答。

“既然这样，那你为何还要苦苦追问那些你爹不想让你知道的事情呢？你有没有想过你这样做，他会很不快乐。”

“你在暗示我什么吗？”我问他。

“你猜。”他放下手中的盒子，抬眼看我。

“我只想知道我妈到底死了还是没死。”我说，“要不你现在告诉我吧。如果今晚顺利，你将阙薇带走，我到哪里去找你才好？”

“你忘了我说的吗？你知道的越少，痛苦越少。这是真理。”

“我可以承受。”我勇敢地迎上他的目光。

“好吧。”他说，“我告诉你，你妈妈没死，她确实还活着。”

“她在哪里？”我发现自己的声音都在抖。

他看着我，思索了一下，这才回答我：“这个，我真不知道。”

“你撒谎！”我扑上去打他，他却不躲，而是伸长了胳膊，温柔地抱住了我。我从来都没有和任何男生有过这样亲密的接触，好像全身骨头都软了，手脚完全不听使唤。时间好像过去了很久很久，我听见他在我耳边说道：“如果你相信我，我会替你查清楚，然后回来告诉你。”

我真的相信他。我紧紧地抱住他，尽管我知道，过了今夜，他将不再回来。他只是我灰色青春里最亮的那颗水珠，温润过我，照亮过我，却注定要消失在太阳下。

但是我就是相信他，我不知道这是为什么。难道这就是爱情里的“弱智定律”？就算绝望到冰点，感觉也是那么好。

“可以告诉我你叫什么吗？”我问他。

“我叫池轩。”他说完，轻轻放开了我。

那天晚上，我们的计划完美地完成了，一切天衣无缝。

刘翰文醒来的时候，已经是次日清晨。他挣扎着睁开眼，问我们：“阙薇呢？”

“跟 Joyce 跑了。”刘二刚洗完澡，用毛巾擦着头说，“我们姐弟俩，这一次是彻底被涮了。”

“他跑不出我的手掌心。”刘翰文掏出电话，恶狠狠地说，“一个外地人，在我地盘上撒野，看我不找人绑了他们来，五马分尸！”

“你就会嘴狠，若不是你干蠢事，怎么会这样！”刘二说，“你要是敢动，我先让人把你绑起来。”

刘翰文走到门边，刘二给我一个眼神，我上前拦住他。他推我一把，我掏出绳子，只用了两分钟，就把他绑了个结结实实。

“放开我，你个臭八婆！”刘翰文破口大骂。

刘二走上前，把一个黑盒子扔到地上，对他吼道：“强奸！除了这本事你还有别的什么！人家故意设计你的，还录了影，你要不要自己欣赏一下！要不是小安，你就真的坐牢去吧！”

刘翰文低下头，不说话。

见他气头已过，我掏出小刀，一点点割开他身上的绳子，替他松绑。

那小刀上，还留有某人的气息。他叫池轩，他已经带着阙薇离开，我想我会记住这名字，在我追忆似水年华的时候，才不会忘记。

两天后，戴爱玲也神秘消失，仿佛这对母女从来都没有进入过我们的生活。唯一有变化的是我爸，他常常找不到东西，说过的话前面说后面就忘掉。夜晚，他长时间坐在屋顶花园里，抽一整包烟，不说话。我给他端去一杯茶，吩咐他早睡，留他一人独自疗伤。

短痛好过长痛，我相信他总有一天会没事。

只是那个少年，他还欠我一个答案。

冬天，天很冷了，天中校园变得灰扑扑的。就在那日，我忽然收到一个陌生号码发来的短信：“等今年第一朵雪花飘落到你鼻尖的时候，我会来到你身边，带你去寻找一个答案，你等我。”

我打开手机，天气预报说，三天后有雪。

池轩，我等你。

[END]

《雀斑Ⅱ》试读

池
轩

要么藏，要么战斗，没什么真相可言。

1

我曾经养过一只猫，我叫它白少爷。

白少爷很腼腆，大部分时间喜欢把自己缩起来晒太阳或者发呆，只有在心情好的时候，才会扎进我的怀里撒撒娇。作为一只宠物，白少爷显得矜持过分而谄媚不足，但这并不妨碍我对他的喜爱之情，因为在我生病辍学的那段时间，它是我最忠实的伙伴。我看书，它看天；我打游戏，它趴在我身边；我练太极拳，它蹲在墙角旁观。

我们都习惯了一只猫一个人互不打扰却又亲密相依的生活方式，直到它在某个寒冬的下午突然走失。

而我不过是出门买了张新的游戏卡，前后时间加起来，不会超过两小时。我用了一切可能的办法去找它，还是找不到它的踪影。

每个人都有权选择自己的生活，每只猫也一样。我也曾埋怨过白少爷的没心没肺，希望它有朝一日会良心发现回到我身边。但后来一想，它长得那样讨喜，应该在哪里也不会吃亏。它出生没多久便被我抱回家，能与它相识相伴一场，已是上天给的缘分。

离别，不过就是缘尽而已。

如果不是第二年春天，工人来我家后院种树时挖出它的尸体，我想，白少爷只会成为我心中的某种怀念。它可能会令我伤感、心酸，或是难过，但绝对与痛恨、愤怒、内疚等激烈情绪毫无关系。但事实是，它死了，就死在我眼皮底下，而且很明显它不是死于自杀，这事让我没法不动声色。

我回自己的房间摸了一把剪刀，在我还没想明白自己到底要做什么的时候，我爸推门进来了。他说："小轩，我带你去巷口吃碗馄饨。"

我把剪刀揣进口袋里，默默地跟着他走出家门。那条巷子很长很长，他起初走在我前面，后来他慢下脚步，与我并行并搂住我，轻声说："算了。"

他的语气——怎么说呢，我有些听不惯，但是我不忍心去反驳他。在这个家里，他已经活得够窝囊了，我冲着他出气，也换不回白少爷的命。

凶手是谁，我跟他都心知肚明。

"医生说你的病不能跟猫近距离接触，你就是不听。"馄饨吃到一半，我爸说，"你妈这么做确实不对，但她也是没办法。"

"你们离了吧，"我说，"我跟你过。"

"不准说蠢话！"他压低声音呵斥我。

下午三四点的馄饨店除了我们父子没有别人。老板娘坐在门口的竹椅上嗑瓜子，她的脚边趴着一只又瘦又小的黑猫，比起白少爷的高贵和富态来，它显得猥琐又小气。然而，此刻它正惬意地晒着太阳，白少爷却早早地死于非命。

这就是人生。

“小心口袋里的剪刀，别戳到你屁股。”

原来他什么都看在眼里。狮子座的他有着很奇怪的洞察力和超常的记忆力，人们都说儿子的智商多半和父亲没什么关系，但我还是觉得我这方面的能力一定遗传自他。

我的母亲，也就是她的老婆，除了一身的小市民气息，无任何特点可言。

我知道一个孩子这么形容自己的母亲很有可能会遭天谴。那么好吧，我可以不说，但是你不能阻止我这么认为。

但坦白讲，母亲留在我记忆里最初的印象还是有些优雅的，和所有的富家女一样，她喜欢打扮，喜欢各式各样的包、鞋和化妆品，无聊的时候还爱看几本厚厚的小说。但自从我五岁那年她从泰国来来回回好几次后，那份优雅就不复存在了。她在家里搞了那个佛堂，除了她自己谁也不能进去，每天都不知道她关在里面神神道道忙乎着些什么。毫无疑问，她和我爸的婚姻当然是出了很大的问题，在她的幻想里，我爸在外面有成群结队的女人，且她们儿女成群，等着瓜分她的男人和家产。她用了很多奇奇怪怪的方法，希望可以留住我爸，包括她藏在枕头下面的胸口插着银针的可怕小人。然而最后的结果是我爸根本就没想走，而她自己却变成了半个神经病。

“李媛，”记得有一次，我爸当着我的面语重心长地对她说，“你再这么折腾下去，先死的人不是我，会是你自己。”

“不到最后谁知道结果。”她嘲笑他，“池振宸，别以为你一辈子都能靠运气活着。”

“我已经走背时运很久了。”我爸淡定地回她，仿佛早就做好一切准备。

的确，从小我爸就教我，如果你背时运走到一定时候，不要着急，要学会耐心等候，好运肯定会来到你身边。

好运来的时候的确也不会打招呼，某个空气潮湿的黄昏，他把戴爱玲带到了我们家。我已经数不清这是我们家那阵子换的第几个阿姨了，反正每一个都跟我妈不对盘，高高兴兴来，哭着鼻子走是常态。

“那间屋子不用打扫，”我爸指着一楼楼梯间旁边的小屋对她说，“也要不随便进去。池轩的药该怎么吃，医生会特别教你。”

“我晚上七点得下班，”她说，“女儿放学回家会饿。但我可以每天早点来，加班费我就不要了。”

我很少见下人这么理直气壮地跟我爸说话，一是一，二是二，好像还没什么可以商量的余地。

更让我跌破眼镜的是，我爸客气地回了她两个字：“好的。”

她跟我说的第一句话是：“地板凉，把袜子穿上吧。”她那天穿绿色的衣服，在黄昏细雨的微光里有种说不出来的美。我妈对她有敌意是正常的，但凡女人美成这样，一定不会招太多人喜欢。

可我还真是挺喜欢戴爱玲的，喜欢她不说话的样子，喜欢她逗我的猫时藏在嘴角的微笑，喜欢她手冲的咖啡、下午三点左右给我煎的白菜饺子。

我那时候休学在家，心脏不好，常常无力，偶尔昏厥。我不关心自己的病，虚弱有时候更能让我感觉到自己的存在。我其实觉得自己并不需要药物，但戴爱玲给我药，我还是会乖乖按时服下。我练太极的时候，她在旁边看，我也不觉得她讨嫌。她话不多，做事利落聪明，做菜也有自己的一套，反正因为她的到来，家里生出一些以前没有的烟火气。

我很快就看出来我爸喜欢她，因为他待在家里的时间越来越长。爱这件事就是这样，你越装作若无其事，心里的喜欢就越明白地溢出来。

最先发难的人，当然是我妈。我不知道她到底忍了多久，直到有一天晚饭前，戴爱玲收拾包正要离开的时候，我妈突然叫住了她。

她说："站住！"

戴爱玲就在门边站住了。

"我有串佛珠不见了。"我妈说，"你是不是进了我的佛堂？"

"我没有。"戴爱玲说。

"你别理他，先回家。"说话的人是我爸，他刚坐到餐桌旁，还没有动筷子。饭菜戴爱玲已经做好了，还热气腾腾的，冒着香气，有我爸最喜欢吃的红烧肉。

"我要检查一下你的包。"我妈说。

“佛珠在原处。”我说，“刚才猫叼着玩来着，我给放回去了。”

我妈狠狠地瞪了我一眼，回了她的佛堂，关上了门。

戴爱玲第二天没来我家。

第三天一大清早，我妈就回了娘家。上车前她对我爸说：“你知道你儿子为什么身体不好吗？池振宸，那是你的报应。”

“你别忘了，他也是你儿子，是从你肚子里生出来的。”

“我真怀疑。”她说完这句话就上了车。

那天早上九点，戴爱玲还是没来上班。我自己去热了前两晚的白粥，放上一些肉松。我爸拎着皮包经过我身边，说：“小心别吃坏肚子。”

我说：“我准备参加中考，我想去省里念高中。”

“别胡扯，医生说你还不适合回学校念书。”

“适合的时候自然就回去了。”我说，“快了。”

他看了我一眼，装作若无其事地往外走。

“永康街42号的新民旅社，她应该会回那里上班。”我说，“老板说了，那里缺人，她可以随时回去。”

“你怎么知道？”我爸惊讶地问。

“不小心听到她打电话。”我说。

“别学你妈，鬼鬼祟祟的。”他说完就出了家门。

我知道，我身上的优点都是遗传他的，缺点都是我妈的。说来汗颜，我家的故事足以拍一部一百多集的电视剧，而且绝对是收视率巨高那种。我爸是聪明上进的穷小子，娶了浑身是毛病的千金大小姐才得以飞上枝头，但我外公的生意也真的是他发扬光大的。我外公特别疼我爸，据说去世前只跟我爸说了一句话：“咋样都行，不许离。”

“咋样都行。”还真是一句意味深长的话。但其实那都是大家的想象，据我多年来细心的观察，我爸从不乱来。只是戴爱玲，不得不承认，她确实是个例外。

如我所料，她在某天清晨不露痕迹地归来，我正坐在院子里的木椅上读书。

她把我的太极服递到我手里，说：“改过了，应该会合身。”

“你去哪里了？”我故意问。

“阙薇生病，照顾了她几天。”她撒谎的样子有种说不出的可爱，怪不得池振宸会因为她心神不宁。没记错的话，那是我第一次听到她提起女儿的名字。

阙薇，阙薇。我在心里重复念了几遍。

“这个姓很特别。”我说，“有一首歌，叫《千千阙歌》。”

“啊！”她很惊讶，“你这么小，怎么会知道这首歌？”

“我爸爱听。”我说。

“我去做饭了。”她说，“有什么特别想吃的吗？”

“我三天没吃药。”我说。

她回头拿眼瞪我。

“我就想试试不吃药到底会不会死。”我说。

“我会告诉你爸爸。”她说。

“晚饭多烧几个菜，他心情好，应该会多喝几杯。”我提醒她。

她微微笑了一下，走开了。

她走路的姿势也很好看，不扭捏，不做作，但自有她的风情。我在那个背影里看到了我爸的新日子。我爸隐忍了这么久，他应该有他的新日子。

我由衷地祝福我爸，虽然少年的我那时候已经了然于胸——所有新日子的到来都必须付出应有的代价，但我相信我爸有承受这个代价的能力。

“佛珠的事，谢谢你。”她又回过头来，“要不是你帮忙，我真说不清楚了。”

原来她并不笨，什么都清楚明白。

“不客气。”我客气地答。

我妈回娘家以后，我们过了好一阵子貌似一家三口的日子。那时已经是微凉的秋，但日子是有温度的，院子里的银杏树叶子金黄金黄，落了一地，提醒我时光如梭，有些没做的事要赶紧做。天空偶尔有鸟群飞过，也不再显得落寞和凄凉，反而有一种成群结队的美。我爸总是早早下班，她做好他最爱吃的各种菜，包括金黄金黄的螃蟹，端上桌，看他开始吃才微微笑着解下围裙，叮嘱我们吃完了什么也不用管，她第二天早上会来收拾。

我爸的目光，自然是不露痕迹地追随到她出门为止。

我妈一直没有回来，说是身体不好，住了一阵子院，我爸去看她，也被她赶出来。

戴爱玲很聪明，不该问的事绝不多问半句，只是她自有她的骄傲，从不上桌和我们一起吃饭，我爸给她女儿买的礼物，她也不肯拎回家。唯一例外的一次是我生日，我爸买了生日蛋糕，请她和我们一起吹蜡烛。

“来，”我爸拿着蜡烛对她说，“你帮小轩插上这个，我去关灯。”

她有些不安地照做，我爸熄了灯，烛光照着她的脸，有些微微地发红。鬼使神差，我双手合十，许下的生日愿望居然是希望他们可以得到幸福。

可惜了，我没得到我妈真传，我并不信奉神灵，在大部分事情上，我只信我自己。

但那一刻，我愿意为了我爸和戴爱玲的幸福违背一下我自己，这只能说明，我对他们是真爱，我珍惜他们给予我的这一切，哪怕只是片刻虚幻的幸福。

我承认这是我成长过程中的缺失，我需要被弥补。

说起来，也是略略心酸。

那天搞得有点迟，怕她女儿在家等，我爸提出开车送她回家。

“我正好也想出去吹吹风。”看出她在扭捏，我主动提出作陪，“在家闷得慌。”

我爸朝我投来感激的目光。

她终于屈服，帮我系上围巾，和我一起坐在后座，一路上她都心神不宁，一直在埋头看手机。她住的地方是整个城市最破败的区域，叫堂子街。我们的车开到堂子街狭窄的路口就开不进去了，她下了车，匆匆跟我们说再见。我爸迟迟不把车开走，她也不回头看，我们看见她在街头的小卖部买了一些水果糖什么的，然后走进小巷，背影消失了。

她对她的小小女儿，看来是足够宠爱的。

“等我忙完这阵子，我们就搬去省城吧。你把身体养好，也去学校好好读书，过过正常的日子。”我爸点了一根烟，站在车子旁，一面抽一面跟我说。

“带上她吗？”我单刀直入。

“她得肯跟我走。”想不到他居然有点认尿。

“你计划周全，她自然会肯。”我说。

“你有什么好建议吗？”他很认真地问。

“您哪里用得着我教。”我很认真地答。

他呵呵地笑。我坐副驾驶位，陪他开车回家。他心情好，听起他爱的歌：“来日纵使千千阙歌，飘于远方我路上；来日纵使千千晚星，亮过今晚月亮……”

后来的某一天，我听到戴爱玲在洗衣房洗衣服时突然哼起这首歌。我心知肚明，我的生日愿望显然已经实现，他们的生活显然已经有了该有的交集，互相温暖，彼此成全。

后面的剧情也跟我想象中大差不差：我妈回到家来找碴，对着戴爱玲大打出手，把她推倒在餐桌旁，差点让她破相。后来我外婆也加入了战斗，带了个神经病去堂子街闹事，差点一把火烧掉了她的家。这一切最终的结果，就是我爸带着她和她的女儿去了省城，在省城给她们安置了新的家。

我外婆住进了医院，而我的母亲大人，则选择直接住进了寺庙。

后来我才知道，那把火是戴爱玲自己放的，她遗书都写好了，不想活了，想把她女儿阙薇托付给她表哥。

她的遗书是我在她们小屋的废墟里一个装糖果的铁盒子里找到的，遗书里面有一句特别特别丧的话："我做了不该做的事，活该受到应有的惩罚。"

不该做的事？

好吧，我承认我有点想入非非。

我把信交给了我爸，他看完后只是面无表情地拍拍我的肩膀，对我说了一句话："放心，爸会对一切负责任。"

我当然相信他。

后来，关于我爸、我妈还有戴爱玲的故事在坊间流传了很多个版本，且一个比一个精彩。不过哪一个版本我都不曾在意，我所知道的就是，再好或再坏的事情都会随着时间流逝消失不见，如果还没有死去，你就得打起精神来对抗命运，要么藏，要么战斗，没什么真相可言。

2

"他人即地狱。"这句话简直太妙了。

那天我正在窗台边认真地读着我百读不厌的萨特，戴爱玲突然走过来很认真地问了我一个问题："小轩，你说我给阙薇读点什么样的书比较好？女孩子不读书就没长进。"

"那要看她爱看什么。"我说。

“唉，她根本不爱看书，成绩也是中不溜，整天还跟我闹着要养猫，”戴爱玲说，“她要是有你一半强我就省心了。”

“我可不是榜样。”我说，“女孩子嘛，开心就好。”

她扑哧笑出来，然后瞪我一眼，大约是觉得我一个新时期的好少年怎么可以这么明目张胆地说出这种歧视女性的话来。但天地良心，我目的单纯，只是想让她开心一点儿罢了。

她那个小小女儿，显然是她最大的心病。

“她喜欢什么猫？”我忍不住问。

“可千万不能养，养人都费劲。”她抢过我手里的萨特翻了翻，皱了皱眉，又迅速还到我手里，然后就忙着给我挂新的窗帘。那窗帘是她手工做的，按我的要求，深蓝色天鹅绒的布料，足以挡住所有让我烦恼的光线。

“医生说你没事，很快就可以回学校上课了，但你还是要运动运动，多晒点太阳。”她说，“自从阙薇练上太极以后，咳嗽真的好了很多呢，比什么大夫都管用。”

“我好得很，只是上课很无聊。”

“就知道你是犯懒。”她说，“不过谁要教你也真是需要点本事。”

我哪有她说的那么聪明，只不过闲着也是闲着，比普通人更爱动点脑子而已。但她有一点说对了，懒是我的致命伤，捏橡皮泥是我唯一爱的运动，只因为唯有这爱好配得上我的想象力。有时候为了治我的懒，她不惜放下手中的事陪我练太极。我也服了她的记性，再难的动作，老师教一遍她就能记住，我要是敢敷衍，她就停下来安安静静地看着我，弄得我挺不好意思的，只好乖乖继续。我不知道她口中“顽劣”的女儿是不是吃她这一套，但我显然是吃她这一套的。我承认，我怕惹她不开心，怕她离开我爸，离开我们家。我的第六感告诉我，她带给我爸的幸福感还有些摇摆不定。

我并不是担心戴爱玲不爱我爸，她当然是爱的，每天为他热茶热汤，精心安排。目光常常不自觉地追随他的背影，却从不过问他的行踪，也不管他的私事，当然更不会提出任何的要求。来省城以后我们分两地住着，她也不让请阿姨，大事小事都自己做，忙得不亦乐乎。

我爸没逼她的原因是因为他看好的大房子还在装修，那套房子一共三层，一层归他们，一层归我，一层归阙薇。他请了很好的工匠来设计，还时不时问一下我们的意见。戴爱玲总是抿着嘴很少发言，如果我爸逼急了，她就会说：“我反正也不懂。”

虽然谁都不说，但谁都知道，他们之间最大的障碍，无非是他还没离婚。

但她从来都不会闹，她超乎寻常的懂事让我爸更加爱她。我第一次见她违抗他是为了新家阙薇房间露台上的秋千架，标价两万多块。

“她早就不是小姑娘了！”她一看价格就急了，“她读个书你已经花了很多钱了，这种钱可不可以不花了？”

“我又不是花不起，她就想要个秋千。”

“是她提的？”戴爱玲的声音提高了八度。

“是我问她的！”我爸说，“早跟你说女孩子就要富着养，一个秋千还能给惯坏了不成？”

她大叫：“你真要买，就把我卖了吧！”

“你都人老珠黄了，也只有我愿意买单。”我爸倒是机智。

“一点儿都不好笑！”大约是怕我爸真生气，她不再跟我爸顶嘴，而是说完这一句就默默躲进了厨房。

我爸是真生气了，当着我的面失态地摔了杯子。

不知道是不是受我妈的影响，我还蛮相信家中风水一事，这不，他俩一闹别扭，坏事就接二连三地来，邪门。

那天我刚准备出门，就听到疯狂按门铃的声音，电子监控里，我看到好久不见的外婆大人，一如既往地杀气腾腾。

“阿姨你去储藏室，把门反锁好。”我对正在客厅里忙碌的戴爱玲说道。

她很快明白是怎么回事，照做了。

门一打开，外婆就飞速闪了进来。她没换鞋，好像也没有正眼看我一眼，就夸张地用手背扇着空气扯着嗓子喊道：“哎哟喂，这屋子里狐狸味可真够重的。”

“我爸不在，出差了，一周后才回来。”我说。

“我的乖外孙，你不来看外婆，外婆来看看你不行吗？”她的眼睛像探测仪一样在我家奋力搜索着，然后动作麻利地推开了每个房间的门，窗帘背后、床头床尾、柜子书架都检查了一番，又去厨房，再去卫生间，麻利得好比一个标准的房屋验收员。

直到她走到储藏室门口，扭了一下，门没打开。

“打开。”她命令我。

“那是配电房，会漏电，等维修呢，钥匙在我爸那里。”

“你跟你爸一样，没句真话。”她终于肯走到沙发前，坐下来跟我好好对话，“我都能找到这里，你觉得还有什么是我不知道的吗？”

这时候我才看清楚她的脸，一年过去了，被烧伤过的痕迹还是很明显，但这并未影响她浑身上下充满电般随时准备发射的战斗力。我倒也不担心她把我当成出气筒，毕竟她是我的长辈，受受气也是我该尽的义务。

“转告你爸爸，离婚不是解决问题的办法。”她说，“财产按我的要求分割，把那个贱人交出来，该道歉道歉，该坐牢坐牢，没什么商量的余地。不过你也别担心，你是我唯一的外孙，钱上面我亏待不了你。”

我突然就想起了萨特那句话：“他人即地狱。”

简直就是真理中的真理。

“您喝茶吗？”我问她。

“喝！”她说，“我好不容易来一趟，怎么着都得等到男女主人回家，好好唠唠嗑。”

我去给她泡茶，她在我身后大声说道：“你妈呢，我是劝不回头了。你爸造的孽，也只能他自己担着，你长大了就会晓得，不是我这个当外婆的狠心。不过你也是可怜，摊上这样的父母。”

我把滚烫的茶水恭恭敬敬地放到她面前：“您喝茶。最小那间屋是客房，您可以进去休息。我得出去上课了，今天有补习。”

"哦？"她显然没想到我来这一招。

"有人敲门您最好看看是谁，别随便开门，最近上门催债的人多。另外，屋子里头万一有响动您也别怕，这里就是阴气重，厨房里有香，你点根香就没事了。要是突然断电，蜡烛就在进门的鞋柜里，我给您拿出来放外面。"我说完站起身来，背上我的包。

谢天谢地，她也很快跟着我站起身来。

"我也有事要办，你们都不在家我待在这里干什么，丢了东西还说不清楚，明天再来。"说完，她自己拉开门就走了，真的是来也如风去也如风，弄得我有一点点蒙。

我追上她，陪她到楼下，给她叫了一辆出租车，看着车子离开，才又反身折回家里。储藏室的门关着，我敲了好几下，她才把门打开来，眼眶泛红，肯定是哭过。

"走了。"我说，"没事了。"

"小轩，别告诉你爸。"她近乎求我。

"有些事情总要面对，你要相信我爸有能力解决。"

"是吗？"她说，"添太多麻烦了。"

过了很久，我都能想起那天她脸上的表情，不是害怕，也不是不安，反而是一种下了什么了不起的决定的坚定。

如果我没有猜错的话，她堪称教科书级别的"人间蒸发"计划就是从那一天开始正式启动的，为此，她差不多用了整整一年的时间来筹划。

我并不是完全没有察觉，只是低估了她的行动力。

我外婆来过一次后我爸就迅速搬了家，这一次搬到了离她家远一点的地方，相对而言来去没那么方便了。但她还是不愿意在我家过夜，每晚都回家陪女儿。我爸倒也不急，他憧憬的是搬到新家后的日子，并说他准备把公司卖了，反正赚钱不多还累得很，不如和她一起过过退休的小日子。

“我可以开个服装店。”她那天倒是很兴奋，“专做私人定制，我觉得会有市场。”

“我都不工作了，你还想着工作？”我爸简直要气死。

“我这是爱好嘛。”她说，“你不是说过会支持我的爱好吗？”

我见过她给我爸做的西装，我爸穿上特帅气，也显得挺拔，丝毫不比那些名牌差。我平时爱穿运动服，睡衣也都是她亲手做。她自己的衣服，基本上就全是自己动手，穿出去也总有人问是在哪里买的、多少钱等等。

她社交不多，但是不知道怎么就认识了一个“妈妈团”，常常瞒着我爸偷偷做衣服卖给她们，销量还不错。因为全都是孤品，妈妈们有时候抢起来了，我就鼓励她加价，她赚了钱会高兴得像个孩子，非要塞红包给我，叫我多买点书看。

我哪能要她的钱呢？但我还是收下，以维持她的体面和要了命的自尊。我把它们统统都塞进我的乌龟包里，权当先帮她存着。

我爸当然不知道这些，他知道了一定暴跳如雷。他更不知道的是戴爱玲有个小本子，记着所有家用明细，一清二楚，这些行为依然像是我们家雇用的阿姨而不是他的爱人。不过我也不会告状，能保持现状我已经谢天谢地。

为了他们俩终身的幸福，我去寺庙找过我妈一次。如我所料，她根本不愿意见我，躲在禅房里久久不愿意出来。好在我早有准备，拿出带来的书坐在门边的石阶上慢慢读。书页上的字快看不见的时候，她终于推开了门，手里拿着一把黑伞，也不递给我，只是把它靠在门边。

好久不见，她瘦了，也有可能是穿袍子的缘故，身材看上去很单薄，不过并未剪去长发。

“快下山吧，”她说，“马上下雨了，会降温的。”

她很少用这么温和的语气和我说话，我觉得自己像在梦中。我站起身来，隔着一步远的距离和她说话：“你给他自由，你也才有真正的自由。”

“是他教你这些大道理，还是你手里那些愚蠢的书？”

“我可以孝敬您，您并非一无所有。”

“不必了。”她说，“我没那个福气，你自己保重。”

说完，她转过身，用手敲了那把黑伞一下，施施然又进了她的禅房。临进门前她转头看了我一眼，她的眼神很安静，仿佛在责备我不该打扰。我们母子一场，她未曾对我用过心，我也未曾真正怪过她，却没想到竟然只余这一点点薄情。

伞，就是散的意思，我怎会不懂？

沿着山路往下走的时候，天上果然就下起了雨。我没有带伞，雨水很快打湿了我全身，但奇怪的是，我却未觉得冷，又或者是心里的冷早就麻木了身体的感知，一切都是天意，也是命运。

我爸的车停在山下，原来他早知道我的行踪。

我上了车，他一语不发，丢毛巾过来给我擦头发。我也不知道该说什么好，好像说什么都是错。

“小轩，是爸爸妈妈对不起你。”终究还是他先开的口。

我真的很想哭，但我知道我不能。比起很多不幸的孩子，我已幸运太多，我只是能力不够，对这个家、对他，还只能索取，无法奉献。

他伸手摸了摸我的头，发动了车子。

“天无绝人之路。”车子开出去老半天，我才说出一句苍白的安慰来。

“当然，”他还是那句老话，“有爸爸在，啥事都没有。”

那天我们回到家已经很晚了，戴爱玲一反常态没回去，还在家里候着。客厅里飘着红枣莲子汤淡淡的香味。怕我感冒，她早放好了洗澡水，催我去泡澡。浴室里依然是我喜欢的香薰的味道，浴巾干净、蓬松、舒服。随着水汽袅袅上升的，却是我内心无法抑制的强烈不安。

我知道那和戴爱玲有关。

我稍放下点心，是她终于答应和我爸去三亚旅游一趟。我觉得应该是我爸和她的彻夜聊天起了效果，那是她第一次愿意换个角度来理解我们父子的不易，而不再单纯地觉得自己是个可怜的“依附者”。

他们收拾好行装，买了新相机，像一对蜜月期的情侣。我爸一定是心情好极了，出门的前一天非要张罗着“咱一家四口”吃顿饭。我其实那天到得很早，还看到她在商场里为一双水晶公主鞋驻足，小脸充满向往的样子。戴爱玲当然不会让她买那双鞋，如同她也不会希望我去参加那个饭局一样。善解人意的我临时撒了个谎，给我爸发短信，说是学校有补课，去不了。

但我还是希望单独会会她的，这个叫阙薇的女孩子。我知道她很快就会成为我的妹妹，我只是还想知道，她对这件事到底是什么样的态度，对我这个当哥哥的，是充满敌意还是满心欢喜。

那是我第一次去她们家。

我其实有她家的钥匙，是我爸留在家里的，但为了不吓到她，我还是耐心地等到她回来给我开门。她穿着一双白色的运动鞋，背一个很可爱的小包包，好像刚从外面补习回来。不知道是不是爱屋及乌的缘故，我对她并没有任何的反感。我看到她眼神里的孤傲，和戴爱玲的如出一辙，只是多出一份年少的尖锐。

她对我并没有太过防备，请我喝可乐，请我吃东西，还请我看电视。看着她站在灶台边熟练地为我做蛋炒饭的背影，我内心不是没有愧疚。她才12岁而已，却已经练就一身独立生活的好本事，而这都是因为她妈妈在本该照顾她的日子里忙着照顾我们父子俩。从这个角度来讲，她要个秋千、要双公主鞋什么的，并不算过分之举。

出于弥补的心理，我把戴爱玲给我的钱，加上我自己的零花钱全都留给了她。我还故意摔碎了碗试试她的脾气，但她均通过了我的测试，只是拿了扫帚把碎碗碴默默扫掉而已，这无疑让我对即将开始的，和她在一个屋檐下生活的日子平添了不少的信心。

在那个雷雨交加的无聊之夜，其实我很希望她可以跟我吵上一架，对我大打出手也没有关系，但是无论我如何逗她，她都保持着最基本的礼仪。并且到最后，她也没把我进过她家门的事情讲给任何人听。

比起那些叽叽喳喳拿线都缝不住嘴巴的同龄女孩，她显然有她独具的难能可贵的好品质。如果不是戴爱玲教得好，那就是她天生自带的与众不同。

在她12岁的那一年，我早就看穿这一点。

只可惜，15岁的我没办法看穿戴爱玲的去意已决。

后续故事请关注《雀斑 II》

To be continued...

果麦文化·饶雪漫作品

♥ 导演争抢改编的原著小说

《雀斑》

《大约在冬季》

《左耳》

《左耳终结》

《沙漏 I》

《沙漏 II》

《沙漏 III》

《秘果》

《离歌 I》

《离歌 II》

《离歌 III》

《甜酸》

《小妖的金色城堡》

《没有人像我一样》

《校服的裙摆》

♡ 我不是坏女生系列

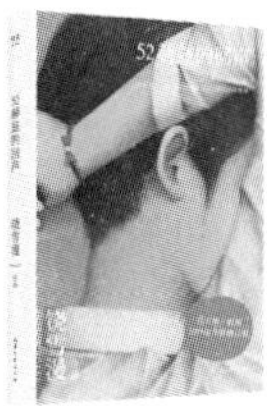

《52 赫兹的回声》

《左半边翅膀》

《斗鱼》

《蛰伏》

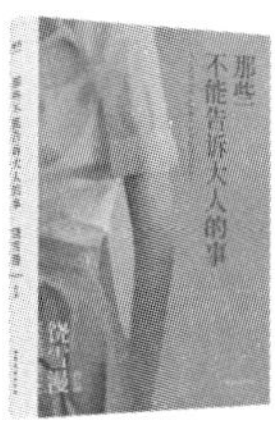

《那些不能告诉大人的事》

《那些女生该懂的事》

◌ 中短篇集

《唱情歌》

《若即若离》

《遗爱》

雀斑

产品经理｜袁舒舒 陈佳敏
书籍设计｜付诗意
技术编辑｜顾逸飞
责任印制｜刘 淼
内文版式｜朱大锤
出 品 人｜路金波

图书在版编目（CIP）数据

雀斑 / 饶雪漫著．— 济南 ：山东文艺出版社，2020.6

ISBN 978-7-5329-6158-0

Ⅰ．①雀… Ⅱ．①饶… Ⅲ．①长篇小说－中国－当代 Ⅳ．①I247.5

中国版本图书馆 CIP 数据核字（2020）第 099850 号

雀斑

QUE BAN

饶雪漫 作品

主管单位 山东出版传媒股份有限公司
出版发行 山东文艺出版社
社　　址 山东省济南市英雄山路 189 号
邮　　编 250002
网　　址 www.sdwypress.com

读者服务 0531-82098776（总编室）
0531-82098775（市场营销部）
电子邮箱 sdwy@sdpress.com.cn

印　　刷 天津丰富彩艺印刷有限公司
开　　本 880mm×1230mm　1/32
印　　张 8
印　　数 1～7,500
字　　数 157 千
版　　次 2020 年 6 月第 1 版
印　　次 2020 年 6 月第 1 次印刷
书　　号 ISBN 978-7-5329-6158-0
定　　价 39.80 元